FVA

Sandra Weihs

Bemühungspflicht

Roman

FRANKFURTER VERLAGSANSTALT

Montag, der 8. April 2019

1
Du

Du stehst früh auf, an jedem Tag. Heute ist der zweite Montag im April. Du schälst dich grantig aus der Decke, bekommst zu wenig Schlaf. Abends liegst du wach, morgens weckt dich dein kaputter Körper wegen der Blase. Schließlich bist du alt. In zerrissenen Schlapfen schlurfst du brummend ins Bad. Das kalte Licht fährt wie ein Blitz in deine Iris. Die Nase rümpfst du wegen des ziehenden Schmerzes beim Pinkeln. Vielleicht ist es die Prostata. Darüber nachdenken willst du nicht. Mit kaltem Wasser wäschst du deine Hände, dein Gesicht, schaust in den Spiegel und musterst dein dummes Gesicht. Die fahle, faltige Stirn, den großporigen Zinken. Du holst dir den Schlaf aus den Augen. Mit den Fingerkuppen kämmst du dir die wilden weißen Augenbrauen. Du hast keine Lust, dich zu rasieren. Du tust es trotzdem, deine Mutter würde es so wollen. Mit dem Barttrimmer stutzt du die grauen Borsten. Wäschst danach die Spuren vom Becken und putzt dir die Zähne. Mit feuchten Händen bügelst du die grauweißen Federn hinter die Ohren. Einen kurzen Moment hältst du inne. Aber nichts, das du im Spiegel erkennst, ist dir von Bedeutung.

In der Küche suchst du im halbleeren Küchenschrank nach Kaffee, doch das Pulver ist aufgebraucht. Du zündest dir deine Morgenzigarette an, wirfst die

Packung achtlos auf den Tisch. Der Stuhl knarrt, als du dich setzt.
Die Regentropfen trommeln an die Scheibe des Fensters zur Straße. Die Nässe zieht durch die Ritzen unter dem Fenster, die Küchenluft ist feucht. Draußen ist es finster, die Lichtkegel der vorüberrauschenden Autos erleuchten das graue Zimmer. Fahren Lastwagen auf der Bundesstraße, zittern die Scheiben. Der Kühlschrank summt. Die Küchenuhr tickt penetrant. Du rauchst und denkst. An damals, als du den Brief nicht schreiben konntest, weil du die Worte nicht gefunden hast. Am Ende stand da nur »Liebe«. Weil du nicht wusstest, an wen du ihn adressieren solltest, Elli, deine Mutter, Stefan.
Die Waffe blieb unbenutzt.
Die Zähne lagen an der Mündung, die Lippen am Lauf, der Zeigefinger am Abzug, es tickte die Uhr, der Kühlschrank summte, die Angst siegte. Du schämst dich immer noch dafür. Nicht einmal das bringst du zustande. Du drückst die Zigarette im Aschenbecher aus und leerst ihn gleich in den Müll. Wischst die Asche vom Tisch, trinkst ein Glas Wasser.
Die summende Stille hältst du nicht aus.
Du musst hier raus.
Stehst auf, ziehst dich an und verlässt das Haus.

Kalt und nass ist der Montagmorgen im April. Manchmal weißt du nicht, welches Jahr geschrieben wird. Den Weltuntergang haben ein paar Leute befürchtet, das ist noch nicht lange her. Wegen der Banken, wegen irgendeines mystischen Kalenders. Viele Beinahe-Weltuntergänge hast du bereits erlebt. Du hast sie herbeigesehnt und wurdest enttäuscht. Mittlerweile rechnest du in Jahrzehnten und willst du dich erinnern, denkst du an die Krisen als Marker. Autofahren hast du während der Ölkrise gelernt, eine Familie in der Jugoslawienkrise gegründet. Während der Terrorkrise hast du die erste Flugreise unternommen, während der Bankenkrise warst du selbstständig. Seit der Flüchtlingskrise lebst du von der Sozialhilfe. Du fragst dich, was die nächste Krise auslösen wird: ein Krieg, das Öl, eine Pandemie?

Zumindest weißt du, wo du dich befindest. In einer kleinen Siedlung vor einer mittelgroßen Stadt. Hier bist du aufgewachsen, hierhin bist du zurückgekehrt. Du wirst nun in die Stadt spazieren, die Bundesstraße entlang. Du ziehst dir die Kapuze über den Kopf, Regenschirm besitzt du keinen. Ein Regenschirm ist etwas für Leute, die so ankommen müssen, wie sie das Haus verlassen haben. Du musst nirgendwo ankommen, und es ist egal, wie du aussiehst. Du gehst lange an der Bundesstraße entlang, deine Jacke hat Reflektoren. Trotzdem hast du Angst, dass dich ein Pendler im Morgenverkehr erwischt und dich ein paar Kilometer mitzieht. Deswegen gehst du eher im Feld als auf dem Asphalt. Als du das Ortsschild passierst, schlägst du den Weg zum Bahnhof ein. Dort hat der Supermarkt um diese Uhrzeit schon geöffnet. Du gehst nah an den Häuserwänden, um nicht von vorbeifahrenden Pendlern nassgespritzt zu werden. Einen

Schritt vor den anderen. Du hast es nicht eilig. Ab und an begegnen dir Passanten mit faden Gesichtern. Niemand hebt den Blick. Kein Augenkontakt. Kein Mensch grüßt. Die haben es eilig. Wandern durch den Morgen, mit Tunnelblick, gerichtet auf ihr Ziel, die Arbeitsstelle. Du wirst überholt, die Absätze klackern auf dem Asphalt. Ein Donner, aufprallende Regentropfen, rauschende Fahrzeuge.

Im hell erleuchteten Supermarkt herrscht reges Treiben. Von draußen nach drinnen betrittst du eine andere Welt. Eine funktionierende, automatisierte Welt des Besorgens und Bezahlens. Motivierende Stimmen und Lieder aus dem Supermarktradio. Geraschel beim Regalbefüllen. Leise brummende Kühlanlagen. Gerufene Anweisungen über die Reihen hinweg. Piepsende Backöfen, die Semmeln sind fertig. Menschen kaufen Pausenbrot. Jede Person geht zielstrebig zum Regal des bevorzugten Geschmacks. Geschmäcker ähneln sich, zumindest innerhalb der Berufssparten. Die Baustellenarbeiter holen sich ein Saunaschinkenkornweckerl und ein Red Bull. Büroangestellte die Fertigcarbonara für die Mikrowelle. Junge Leute aus der Werbebranche Sushi, um neben dem Essen auf dem PC weiterarbeiten zu können. Die einen laufen da- und die anderen dorthin, du selbst lässt dich treiben. In der Obstabteilung entdeckst du ein neues Gerät. Hier kannst du dir einen frischen Orangensaft zubereiten. Du hast Lust darauf, und ein unbestimmtes Gefühl sagt dir, du hast dir einen frischen Orangensaft verdient. Also nimmst du dir eine Plastikflasche aus dem Ständer, stellst sie unter den Hahn und drückst den Knopf. Die Orangen rollen über eine Schneise direkt an ein in Kunststoff gefasstes Messer. Es zerteilt die Früchte in zwei Hälften. Im Räderwerk werden sie ausgepresst, der Saft spritzt gegen das Plexiglas, dir wird ganz mulmig. Die Schalen fallen in einen verborgenen Abfallcontainer. Du fluchst, als du den Finger nicht rechtzeitig vom Knopf nimmst. Die Flasche läuft über. Herrschaftszeiten, was für eine Sauerei. Deine Finger sind klebrig, du suchst nach einer Serviette. Findest keine, was für ein Saftladen. Könnte man schon daran denken, dass man hier Servietten auslegt. Du wischst dich an der Jeans ab. Siehst dich um, niemand hat dich gesehen. Hoffentlich.

An der Gebäcktheke stehen Leute, es kommen andauernd welche dazu. Ein Mann im Anzug sieht auf die Uhr. Eine Mutter schimpft mit dem Kind an der Hand, während das andere im Kinderwagen quengelt. Du hast es zwar nicht eilig, aber vor lässt du sie nicht. Nur weil du nirgendwohin musst, heißt das nicht, dass du kein Recht hast auf deinen Platz in der Schlange. Zwei Semmeln bestellst du dir und holst dir Butter aus dem Kühlregal. An der Kasse stehen die Leute Schlange. Du beobachtest die Kassiererin. Sie sorgt für reibungslosen Ablauf. Sie zieht die Waren über das Feld, es piept und piept. Die Leute zeigen die Bonuskarte. Du hast keine. Mit der Karte werden Bonuspunkte und Daten gesammelt. Die Daten sind mehr wert als die Bonuspunkte, deswegen besorgst

du dir keine. Schließlich willst du dich nicht ausbeuten lassen. Die meisten bezahlen mit Bankomatkarte, manche mit Smartphone. Du weißt nicht, wie man mit dem Handy bezahlen kann. Du besitzt kein Smartphone. Du glaubst, das funktioniert nur mit einem Smartphone. Dir kommt kein Smartphone ins Haus. Die wollen dich über das Smartphone kontrollieren. Der Staat, die Konzerne, die gesamten Daten können die sich abziehen von einem Smartphone. Da machst du nicht mit. Du bist nicht blöd.
Die Verkäuferin sieht den Leuten nicht ins Gesicht. Sie konzentriert sich ganz auf das Fließband. Du fragst dich, ob du diese Arbeit machen wolltest, und weißt die Antwort sofort: Sicher nicht. Die Verkäuferin sieht auch so aus, als würde sie diese Arbeit nicht machen wollen. Du fragst dich, warum du drei Jahre lernen musst, bis du Verkäufer bist. Wenn du einen Lehrling entdeckst, siehst du ihn immer dieselben Aufgaben erledigen wie die ausgelernten Verkäuferinnen. Dafür bekommen die drei Jahre Lehrlingsentschädigung, also weniger Geld als die ausgelernten Kräfte. Vielleicht unterschätzt du den Verkäuferinnenberuf. Warenein- und -ausgang, Kundenumgang, Warenpräsentation. Es ist eine für dich unvorstellbare Prozedur, wie Lebensmittel vor dem Ablaufdatum gefunden und aussortiert werden, ohne den ganzen Markt zu durchsuchen. Du hast außerdem gehört, nach der Saison verschwindet gute Ware im Mülleimer. Lebkuchen, Schokonikoläuse und -eier. Was für eine Verschwendung. Du würdest dir die Waren alle nach

Hause schaffen, bevor du sie in die Tonne treten würdest. Plötzlich sieht dich die Kassiererin an. Du fragst dich, was das für ein Sinn der Menschen ist, der beobachtende Blicke spüren kann. Das fällt dir immer wieder auf. Sie schaut auf, weil sie deinen Blick spürt. Sie findet deinen Blick, und ein kurzer Kontakt entsteht. Es ist unangenehm. Du fühlst dich ertappt.

Nun kommst du dran. Du nickst ihr zu. Das registriert sie nicht, sie ist wieder ganz auf den Vorgang konzentriert. Es piepen die Semmeln, es piept die Butter, es piept der Orangensaft. Der Saft ist teuer. Du hast zu wenig Bargeld in der Brieftasche. Also bittest du um Bankomatzahlung und hältst die Karte auf das Gerät. Kontaktlos bezahlen kannst du. Die Bank hat dir solch eine Karte automatisch zugeschickt. Zwanzig Euro hat sie gekostet. Dabei wäre die alte noch okay gewesen, schließlich passt du auf deine Sachen auf. Du hast der Bank einen Beschwerdebrief geschrieben, denn du hast diese Karte nicht bestellt. Du findest es unfair, dass man sie dir dann in Rechnung stellt. Aber die Bank hat sich im Kleingedruckten abgesichert. Das ist eine Unverschämtheit. Überall wird man abgezockt. Du hältst die Karte auf das Gerät, ein ablehnendes Geräusch ertönt. Die Verkäuferin drückt auf zwei oder drei Tasten. Dann bittet sie dich, es noch einmal zu versuchen. Es funktioniert wieder nicht. Du kannst dir nicht erklären, warum. Hinter dir stöhnt der Mann im Anzug. Die beiden Kinder quengeln nach einer Süßigkeit im Kundenfänger, die Mutter ignoriert sie penetrant. Du fühlst plötzlich Blicke auf dir ruhen, wie deiner auf der Verkäuferin geruht hat. Das ärgert dich. Du kannst doch nichts dafür, dass die Karte spinnt. Auffallen magst du nicht, schon gar nicht, wenn etwas nicht funktioniert, wie es funktionieren sollte. Die Kassiererin bittet dich, die Karte einzustecken. Du tust es, gibst den Code ein. Wieder ein ablehnendes Geräusch. Durch die Schlange geht ein Raunen. Genervt ruft jemand nach der zweiten Kasse. Der Mann im Anzug sieht nach der Armbanduhr, klopft ungeduldig mit dem Fußballen im Takt. Die Kassiererin zuckt die Schultern, fragt, was sie tun soll.

»Was weiß ich!«, rufst du ärgerlich. »Dann nehmen S' halt den Saft von der Rechnung. Der ist eh viel zu teuer. Reine Abzocke hier!«

Der Mann stöhnt, diesmal klingt es belehrend. Die Mutter nimmt Kaugummis aus dem Fänger. Eine Packung für beide, mahnt sie. Lauthals Protest. Die Kassiererin nimmt den Saft, flucht, sie greift die Flasche genau an der klebrigen Stelle an. Mit einem Taschentuch reibt sie sich die Finger sauber. »So ging es mir auch, ein paar Servietten könnten S' schon auslegen beim Automaten.« Die Kassiererin ignoriert dich, muss sich am Bildschirm orientieren, drückt ein paar Tasten, zieht den Saft über den Scanner. Der Bankomat leuchtet erneut auf. Du tippst den Code ein, während die Verkäuferin die Flasche zurückstellt. Es funktioniert. Die Schlange atmet auf. Du hörst das nicht, fühlst es im Rücken, mit dem Sinn, der auch Blicke spüren kann. Mit den Semmeln und der Butter machst du dich aus dem Staub.

Bahnhofvorplatz: Die Leute müssen alle irgendwohin. Jeder hat etwas zu tun, irgendwo, wo er oder sie nicht zu Hause ist. Wie von einer Königin fremdgesteuerte Ameisen gehen die arbeiten und lassen sich verarschen. Du hast nichts zu tun. Du musst nirgendwohin. Deswegen bleibst du stehen, mitten auf dem Platz, mitten unter den Leuten. Der Regen trommelt auf deine Kapuze. Du schaust mit gebeugtem Nacken unter ihr hervor. Die gehen jeden Tag dieselben Wege zur selben Uhrzeit. Legte man einen Morgen über den anderen, ergäbe es immer dasselbe Raster. Und die bemerken das nicht. Die bemerken nicht, wie gesteuert sie sich verhalten. Dieselbe beige Jacke begegnet demselben Anzug jeden Morgen in der Mitte des Platzes. Derselbe Song in den Kopfhörern plärrt von Minute 2.22 bis Minute 2.53 in denselben Teenagerkopf. Du stehst im Regen und fühlst dich schwer. Du bist der Einzige, der nicht jeden Morgen hier an derselben Stelle steht. Du stehst hier, weil du dich fragst, warum du den Orangensaft nicht bezahlen konntest. Du bist ein Hindernis. Die Leute machen einen Bogen um dich und werden schneller, um den Zeitverlust beim Bogenmachen wieder einzuholen. Du kennst dieses Bild, du hast es auf Servus TV gesehen. In einer Dokumentation über das Universum. Als seist du ein schwarzes Loch, dem man nicht zu nahe kommen dürfe, um wegen der Schwerkraft nicht hineingezogen zu werden. Passierten die Leute dich zu nah, überschritten sie den Ereignishorizont, fielen sie in deine Welt und kämen nie wieder heraus. Aus der Welt, in der Orangensäfte nicht bezahlt werden können. Du denkst, Geld ist das Einzige von Gewicht, das einen leichter werden lässt. Du suchst dir eine Bank an einer Bushaltestelle, an der gerade niemand wartet. Die Busbank ist eher ein Gitter. Sie ist überdacht. Die Feuchtigkeit zieht dir trotzdem in den Nacken und durch die aufgegangene Naht am Stiefel. Du bist müde. Der Supermarkt kostete dich Kraft und Energie. Es ist dein oberstes Ziel, mit deiner Energie hauszuhalten. Du hast weniger zur Verfügung als andere Menschen, das ist dir bewusst. Deswegen teilst du sie dir über den Tag und über die Woche und über den Monat gut ein. Es dämmert, noch ist es dunkel. Du setzt dich, das beleuchtete Plakat neben dir schenkt dir Licht. Ein übergroßes Gesicht einer Frau mit blendend weißen Zähnen lächelt darauf aufgesetzt. Als Kind muss sie eine Zahnspange getragen haben, so gerade und ebenmäßig ist dieses Gebiss. Stefan hätte auch eine gebraucht. Von einem Vollzeitjob muss man leben können, steht unter ihrem übergroßen Gesicht. Du denkst, auch ohne Job müsste man leben können. Du weißt, solche Gedanken machen dich unbeliebt. Deine Gedanken zu denken, ist nicht immer leicht. Du würdest jedoch von jedem Menschen erwarten, solche Gedanken denken zu können. Du selbst kannst sie denken, du hast dich nicht vollständig manipulieren lassen vom System. Die Dummheit greift um sich, aber du hast dich nicht einlullen lassen, lässt dich nicht einlullen. Du kannst gegen den Mainstream denken, wie das heute heißt. Zum Beispiel kannst du dir die Frage stellen, warum

Leben-Können und Arbeiten-Müssen gekoppelt sind. Auf die Welt kommst du doch als Mensch, nicht als zweckbestimmtes Arbeitstier oder als Automat, mit Ein- und Ausschaltknopf. Rein philosophisch fragst du dich, warum der Mensch in die Arbeit gehen muss, und du kennst die Antwort: Weil das System so funktioniert. Aber es hat dich keiner gefragt, ob du zu diesem System dazugehören willst. Du hast nichts unterschrieben, auch nicht diesen Gesellschaftsvertrag, den die immer anführen, um dir ein schlechtes Gewissen zu machen.

Du ziehst eine Semmel aus dem Sack, öffnest die Butter. Bemerkst, dass du kein Messer dabeihast. Deswegen schabst du dir mit dem Fingernagel einen Kringel von der Butter. Dein Sinn spürt einen Blick. Oder zwei. Du siehst dich nicht um. Du bist es unangenehm gewohnt, beobachtet zu werden. Geht dich nichts an. Sollen sie schauen. Du legst den Kringel auf die Semmel und beißt ab. Es schmeckt. Buttersemmeln schmecken dir sehr gut. Du fragst dich, warum du den Orangensaft nicht bezahlen konntest. Heute ist Montag, der 8. April. Das Geld müsste bereits überwiesen sein. Du ermahnst dich, jetzt nicht darüber nachzudenken. Zuerst solltest du die Buttersemmel genießen. Du schabst dir noch einen Kringel von der Butter. Buttersemmeln schmecken dir sehr gut, also konzentrierst du dich auf den Genuss. Ein Orangensaft würde gut dazu passen. Wenn das Geld am zweiten Montag im Monat nicht auf deinem Konto ist, wird es auch nicht am zweiten Dienstag oder am zweiten Mittwoch auf dem Konto sein. Irgendetwas ist schiefgelaufen. Irgendetwas hat mit der Überweisung nicht geklappt. Du glaubst, du hast den Antrag zeitgerecht abgegeben. Hast alle Bewerbungen abgegeben. Hast alle Termine wahrgenommen. Du suchst nach dem Grund, aber du findest keinen. Du beißt von der Semmel ab. Planst, zur Bank zu gehen, um den Kontostand zu prüfen. Vielleicht musst du dann zur Behörde. Vielleicht fehlen Unterlagen. Irgendeinen Fehler musst du gemacht haben, sonst wäre das Geld bereits auf deinem Konto. Nein, du hast sicher keinen Fehler gemacht. Du bist genau. Viel genauer als die Behörde. Die hat dir den Scheiß eingebrockt. Die Beamten haben den Fehler gemacht, du bist dir sicher. Lauter Unfähige dort. Die sich keinen Haxen ausreißen würden für Leute wie dich. Du nimmst den letzten Bissen Buttersemmel zu dir und bemerkst, den guten Geschmack hast du versäumt, und die verdammte Behörde ist daran schuld.

Ein Bus biegt in die Station, ein Autofahrer hupt. Der Busfahrer bremst stark, gestikuliert hinter der Scheibe, der Autofahrer auch. Du fragst dich, ob du Busfahrer werden könntest. Das frühe Aufstehen wäre kein Problem. Aber der Stress im Frühverkehr. Und im Feierabendverkehr. Und im Stau. Und mit den Autofahrern, die dich anhupen und dir die Schuld zuschieben für die eigene Schuld. Du stellst dir vor, du müsstest stark bremsen, und ein Junge fällt im Bus mit dem Gebiss an eine Stange, Zähne weg, Blut quillt, Bub bewusstlos. Du hättest Schuld an seiner Zahnspange. Oder

Gröberem. Obwohl du nichts dafürkönntest, wärst du schuld, das kommt für dich nicht in Frage. Du lässt dich sicher nicht verarschen, die tun alle, als gäbe es kein Risiko, dabei trägst du das volle Risiko, wenn etwas passiert, und die Stadtwerke reden sich heraus. Du hast ohnehin keinen Führerschein, schon lange nicht mehr. Du hast ihn verloren und das Geld für einen neuen nicht aufbringen können. Nicht aufbringen wollen. Wozu brauchst du einen Führerschein? Ein Auto darfst du ohnehin nicht besitzen, schreibt die Behörde vor. Nun hast du dich daran gewöhnt, zu Fuß zu gehen. Die Schuhe nutzen sich schneller ab als früher. Dein Linker hat bereits ein Loch, die Naht ist aufgegangen. Kein Großes, aber da zieht die Nässe hinein, und du spürst sie an deinem großen Zeh. Als Busfahrer hättest du warme, trockene Füße, aber dazu bräuchtest du einen Führerschein, genauer einen Busführerschein und gute Nerven. Selbst wenn du wolltest, könntest du kein Busfahrer sein. Deine Nerven sind ein bisschen blank. Die Butter verstaust du in der einen Jackentasche, den Sack mit der Semmel in der anderen. Du ziehst die Kapuze über den Kopf und läufst zur Bank gegenüber dem Bahnhofplatz.

Die Schalter haben geöffnet, eine Kundenberaterin arbeitet hinter dem Computer. Du entscheidest dich trotzdem für die Maschine. Der Blick der Menschen, die deinen Kontostand kennen, ist nicht angenehm. Unangenehmes kostet dich mehr Energie, deswegen vermeidest du die Beraterin, den Blick, ihr Urteil. Es ist ein interessantes Unterfangen, die Veränderung der

Mimik zu beobachten. Die Beraterinnen empfangen dich freundlich, zugewandt, mit einem Lächeln. Du reichst ihnen die Karte, sie geben die Kontonummer ein, und plötzlich werden sie zum abwickelnden Roboter, steif und hart. Als müssten sie sich wappnen vor dem gleich eintretenden Betteln um einen Kontorahmen, vor Beschwerden wegen Überziehungszinsen oder dergleichen. Du könntest kein Bankangestellter sein. Zu wissen, dass – hinter dir, unter dir, neben dir – in einem Tresorraum, in der Kasse, in den Automaten – genug Geld vorhanden ist, um jedem Bittsteller auszuhelfen und trotzdem nichts herausgeben zu dürfen, ist eine furchtbare Vorstellung. Du würdest jedem und jeder Geld auszahlen, zumal es ja nicht deines ist. Irgendjemand wird reicher, nur weil er Geld auf die Bank gebracht hat. Während all die, die kein Geld auf der Bank haben, leer ausgehen beziehungsweise dafür auch noch bezahlen. Immer schon hast du das Gefühl gehabt, das sei ungerecht. Dass Leute, die wenig Geld haben, immer weniger Geld haben werden, und Leute, die viel Geld haben, immer mehr Geld bekommen werden. Selbst wenn du wolltest, könntest du den Job bei der Bank nicht machen. Hauptsächlich wegen der Moral, dem Gewissen. Aber auch, weil du nicht lächeln könntest, wenn die Kunden zum Schalter kommen. Und auch, weil du es nicht aushalten würdest, wie deine Kollegen lächeln, wenn Kunden hereinkommen. Dieses aufgesetzte, maskierende Lächeln. Dieses heuchlerische Lächeln. Dir wird schlecht, wenn du Bankberaterinnen lächeln siehst.

Du gehst zur Maschine und steckst die Karte ein. Du machst das häufig, du brauchst die Kontoauszüge immer wieder zur Vorlage bei Behörden und Institutionen. Sie kontrollieren, wofür du dein Geld ausgibst und für was du zu viel Geld ausgibst. Sie entscheiden dann, ob du die Sozialhilfe bekommst, eine Spende, Essensgutscheine. Du bist das gewohnt, deswegen holst du die Kontoauszüge oft ab, und deswegen ist auch nur ein Posten auf dem Zettel zu finden, deine Bargeldbehebung von vor zwei Wochen, die letzten zweihundertfünfzig Euro. Eingang ist keiner vermerkt. Das bestätigt dir, die Behörde hat einen Fehler gemacht. Denn wenn die Sozialhilfe an einem zweiten Montag im Monat nicht auf dem Konto landet, hat die Behörde sie nicht angewiesen, und wenn die Behörde sie nicht angewiesen hat, hat irgendein verdammter Beamter seinen Job nicht gemacht.

Du trittst hinaus, der Regen ist stärker geworden. Weil du ein noch nicht sonderlich sichtbares Loch im Schuh hast, durch das die Nässe zieht, und weil du keinen Regenschirm hast, da du ihn nicht unbedingt brauchst, um irgendwo so anzukommen, wie du das Haus verlassen hast, und weil du auf deine Energie achten musst, von der du heute schon mehr aufgebraucht hast als geplant, nimmst du den Bus, denn die Behörde ist am anderen Ende der Stadt. Es wird schon nichts passieren.

Du steigst in die Linie 3, fünf Stationen sind es nur. Bei der zweiten steigt ein Kontrolleur ein. Du bemerkst ihn zuerst nicht, weil du aus dem Fenster siehst und den Frühverkehr beobachtest, der tödlich sein kann. Sonst wärst du ausgestiegen, klar. Adrenalin schießt dir ins Gehirn, als er dich nach der Fahrkarte fragt. Du hast keine. Schließlich konntest du dir auch keinen Orangensaft leisten. Du versuchst dem Kontrolleur zu erklären, dass du keine Fahrkarte gelöst hast, weil du kein Geld auf dem Konto hast, da die Behörde nicht überwiesen hat und du jetzt zur Behörde fahren musst, um das zu bereinigen. Du erklärst ihm, dass es nicht deine Schuld ist, keine Fahrkarte zu haben, für eine Fahrt, die du nicht machen müsstest, hättest du das Geld der Behörde auf dem Konto. Hättest du das Geld der Behörde auf dem Konto, hättest du natürlich eine Fahrkarte gekauft beziehungsweise hättest du gar keine Busfahrt antreten müssen. Dem Kontrolleur in Warnweste ist das egal. Für ihn zählt nur, dass du im Bus sitzt und keine Fahrkarte gelöst hast. Er fragt dich nach dem Ausweis, damit er deine Kontaktdaten aufschreiben kann. Damit er dir eine Verwaltungsstrafe ausstellen kann. Wenn du die Strafe gleich zahlen würdest, würde sie geringer ausfallen, sagt der Kontrolleur. Du wirst etwas laut, als du ihn fragst, ob er dir nicht zugehört hätte. Ob er nicht verstanden hätte, dass du kein Geld hast, weil die Beamten ihren Job nicht machen. Der Beamte meint, du solltest dich beruhigen. Du seist ruhig, insistierst du gereizt. Ausweis!, befiehlt der Kontrolleur, und nun spürst du wieder Blicke. Du spürst Blicke im Rücken, an der Wange, an den Schuhen. Du ziehst den Ausweis hervor und fügst dich. Während der Kontrolleur deinen Namen notiert, überlegst du, ob du Fahrkartenkontrolleur sein könntest. Du magst keine Warnwesten, das wäre das erste Hindernis. Dir kommt es so vor, als würde die Dienstleistung *Kontrolle* boomen. Alles Mögliche wird kontrolliert, Fahrkarten, Führerscheine, Bauvorschriften, Lebensmittellagerung und Transport, Parkscheine, Müllentsorgung und so weiter. Nur die Behörde wird nicht kontrolliert, ob sie zeitgerecht das Geld auszahlt. Jedenfalls wäre es dir als Fahrkartenkontrolleur lieb, wenn alle Passagiere eine Fahrkarte hätten. Es wäre dir unangenehm, die Namen und Adressen von Schwarzfahrern aufzuschreiben, wie der Kontrolleur gerade *Gruber* und *Henselstraße* aufschreibt. Du glaubst, du würdest es nicht schaffen, ruhig zu bleiben. Du würdest es nicht schaffen, dem halbstarken Jugendlichen keine Ohrfeige zu verpassen, wenn er dich beschimpft. Vor allem, wenn er Markenklamotten trägt. Hättest du etwas zu sagen, würdest du die Leute ohnehin gratis mit den Öffis fahren lassen. Aber sicher keine verwöhnten, das System ausnutzende, reiche, kleine Säcke in Markenklamotten, dem neuesten Smartphone in der Tasche und dieser arroganten Miene, die zeigt, dass sie dich für Abschaum halten und sie bald deine Welt regieren werden. Der Kontrolleur erklärt, dass du eine Anzeige erhalten wirst, und wirft dich aus dem Bus. Dein einziger Trost ist es, dass er bis zur vierten Station gebraucht hat, um dich zu notieren, also hast du nur noch eine Station zu gehen. Als du auf die Straße trittst, schmatzt dein Fuß in der angesogenen Sohle. Das Bußgeld wirst du nicht zahlen. Du hast es noch nie gezahlt. Du hast schon so viele Anzeigen wegen Schwarzfahren, auf die eine mehr kommt es auch nicht an.

Die letzten Meter bist du richtig nass geworden. Selbst der Semmelsack ist feucht geworden in deiner Tasche. Der Fuß im linken Stiefel ist kalt wie ein Fremdkörper, ein sterbendes Ding, das du mitziehst. Der Kontrolleur hat dich einige Energie gekostet. Der Spaziergang zur Behörde hätte dich weniger gekostet, denkst du. Aber wer kann wissen, dass gerade heute, gerade in diesem Bus, gerade als du drinsitzt, ein Kontrolleur auftaucht. Die Welt verschwört sich gegen dich. Durch die automatische Tür trittst du ein. Der Herzog junior I kommt dir entgegen, in Anzug, Krawatte und mit fettem Bauch. Wohlstand macht auch nicht schöner, denkst du. Mit einem anderen fettbäuchigen Mann geht er ins Gespräch vertieft an dir vorbei, ohne dich zur Kenntnis zu nehmen. Er erkennt dich nicht. Natürlich! Er ist etwas Besseres als du, der Herr Notar. Von Volksschulkameradschaft keine Spur. Als er vorbei ist, schaut er zurück. Das erfasst du mit dem Sinn, der Blicke spüren kann. Du biegst schnell in den Treppenaufgang ein. Du willst nicht gefragt werden, was du *machst*. Sein Bruder, der Bezirkshauptmann, weiß es wohl ohnehin. Du stellst dir vor, wie sie bei einer Familiengrillerei über dich lästern, weißt du noch, der Gruber, den ich ins Klo getunkt habe damals, den hab ich bei dir auf der Behörde gesehen, schaut schlecht aus. Ach der, ich weiß schon, dessen Vater sich die Kugel gegeben hat, der ist schon eine Weile Kunde der Sozialabteilung. Hätte ich mir denken können, was hätte aus dem auch anderes werden sollen als ein fauler Sack, der uns auf der Tasche liegt.

Du kennst den Weg Richtung Sozialabteilung. Die haben sie vor kurzem umgebaut. Früher bestand sie aus einigen Büros, und in jedes Büro konntest du eintreten, am besten gleich bei deiner persönlichen Sachbearbeiterin. Jetzt sind alle Büros verriegelt und nur eine Tür offen. Gleich nach der Tür haben sie einen Tresen aufgestellt und eine Plexiglasscheibe installiert, mit einer Durchreiche. Als würden Sozialhilfeempfänger eine Krankheit sein, die sich über die Luft überträgt. Eine Sachbearbeiterin ist jetzt zuständig für alle persönlichen Anliegen der Sozialhilfeempfänger. Dementsprechend ist die Schlange lang. Ein bisschen kommt es dir vor, als rollten ein paar Orangen über eine Schneise direkt an ein in Kunststoff gefasstes Messer. Dir gefällt der Umbau nicht. Angeblich haben sie umgebaut, weil jemand randaliert hat. Das hat sicher der Herzog junior II angeordnet. Es kommt vor, dass sich die Antragsteller ungerecht behandelt fühlen. Angeblich hat sich der Hochgatterer ungerecht behandelt gefühlt und deswegen einen Stuhl auf einen Aktenkasten geschleudert, direkt an der Sachbearbeiterin vorbei. Jemand hat die Polizei gerufen, und der Hochgatterer wurde abgeführt, ein Betretungsverbot wurde ihm ausgesprochen. Die Sachbearbeiterin hat dann den Umbau angeregt, sonst würde sie nicht mehr zur Arbeit erscheinen. Angeblich hat sie psychische Probleme wegen des Vorfalls bekommen. Du kennst den Hochgatterer, du traust ihm zu, Stühle zu werfen, weil er sich ungerecht behandelt fühlt. Der Hochgatterer hat selbst psychische Probleme. Er hat schon mehrmals um die Pension angesucht deswegen. Er hat sie nicht bekommen. Du weißt nicht genau, welche psychischen Probleme arbeitsunfähig machen. Für dich wäre es in Ordnung, wenn beide, die Sachbearbeiterin und der Hochgatterer, für immer zu Hause blieben. Du weißt nicht genau, ob die Sachbearbeiterin, die gerade hinter dem Tresen steht, die Sachbearbeiterin ist, die die psychischen Probleme hat. Jedenfalls nimmt sie gerade eine durch die Durchreiche gerufene Sozialversicherungsnummer auf, um am Computer ein Anliegen eines Kunden zu bearbeiten. Neuerdings nennen sie die Sozialhilfeempfänger und Antragsteller Kunden. Du weißt nicht genau, wie es dazu gekommen ist, als Kunde fühlst du dich nicht. In anderen Institutionen wirst du oft Klient genannt. Das ist genauso an der Realität vorbei. Niemand hat sich je für dich eingesetzt. Das ist Maskerade, die Berater beraten vorwiegend dahingehend, dir die Regeln zu erklären und auf deren Einhaltung zu pochen. Vor allem das System ist ihr Klient. Sie wahren die Interessen von Staat, Land und angeblich Steuerzahlern, deine Interessen sind ihnen egal. Vor allem bei der Behörde solltest du Partei genannt werden, wie es gang und gäbe war. Du bist eine Partei, du hast ein rechtliches Interesse und willst

auch so behandelt werden und nicht als Kunde oder Klient.
Der Kunde vorne in der Schlange hat seinen Bewerbungskurs hingeschmissen. Dir steigt eine Gänsehaut auf, das hast du auch schon hinter dir: das Kursverweigern. Du weißt, wie die Sache ausgehen wird. Du wirst gesperrt von jeglichem Geldbezug für sechs Wochen mindestens, da kannst du noch so viel jammern, Einsprüche und Beschwerdebriefe verfassen, wie unnütz dieser Kurs ist. Und wenn du vom Geldbezug gesperrt bist, musst du Glück haben, keine Gasrechnung bezahlen oder mit dem Bus irgendwohin fahren zu müssen, genug Essensvorräte gehortet zu haben und schnell eine Arbeit zu finden. Die meisten haben Pech. Du nicht, du bist vorbereitet auf solche Szenarien. Im Grunde würdest du mit dem Ersparten, das du zu Hause in der Bargelddose sammelst, noch ein paar Wochen über die Runden kommen. Du bist kein Geldverschwender, du bist Sparer. Du bist von deiner Mutter gut erzogen worden. Doch es geht dir ums Prinzip. Dir steht die Sozialhilfe zu, und du beharrst auf dein Recht.
Du stehst in der Schlange und wartest. Eigentlich hättest du Besseres zu tun. Dir fällt gerade nichts ein, aber es ergibt sich immer etwas. Ein Spaziergang mit Kristina oder eine Gartenarbeit oder ein Besuch bei deiner Mutter. Irgendetwas ergibt sich immer, aber jetzt stehst du in der Schlange und wartest, bis du drankommst. Der Kunde vor dir ist dran, und der wird recht schnell abgewickelt. Etwas zu schnell, er

muss nur ein paar Unterlagen übergeben. Du hast dir deine Sätze noch nicht zurechtgelegt. Deswegen sagst du jetzt der Sachbearbeiterin auch etwas sehr Dummes: »Mein Geld wurde noch nicht überwiesen.«
Dieses *Mein* hättest du dir sparen können, du siehst es am Blitzen in ihren Augen. Du weißt doch, dass du hier als Bittsteller auftreten musst, egal wie schwer es dir fällt. Du wirst eben nicht als Partei wahrgenommen, sondern als armer Trottel, der von Geld lebt, das ihm angeblich nicht zusteht. Niemand will einen Sozialhilfeempfänger, der Forderungen stellt. Die Bearbeiterin reagiert zynisch: »Die Sozialhilfe ist bereits an die Leistungs*berechtigten* ausgezahlt worden.«
Wenn du die Sozialhilfe noch nicht überwiesen bekommen hättest, hättest du wohl keinen Anspruch, erklärt sie. Du hast diese Sachbearbeiterin hier noch nie gesehen. Normalerweise wirst du erkannt als jahrelanger Kunde. *Der Herr Gruber!*, rufen die Bearbeiter dann, in ihrem Blick keine Freude, sondern Tadel. Davon lässt du dich nicht beirren, und es ist dir lieber, als nicht erkannt zu werden und alles zweitausendmal erklären zu müssen. Diese ist neu und kennt dich nicht, aber du versuchst, ruhig zu bleiben und das Richtige zu sagen, um dir nicht noch weitere Probleme einzuhandeln. Deswegen stellst du bemüht ruhig klar, du habest selten Probleme bei der Auszahlung in den letzten drei Jahren gehabt. Du habest den Neuantrag fristgerecht eingebracht, du habest alle Termine beim AMS und bei den sozialen Institutionen absolviert. Und du glaubst, nein, du seist dir sicher, auch

die mindestens zehn Bewerbungen pro Monat abgegeben zu haben. Ob sie nachsehen könne, woran es denn liege, du seist dir keiner Schuld bewusst. Dazu ist sie bereit, sie fragt dich nach der Sozialversicherungsnummer. Du rufst sie durch die Durchreiche, sodass die Worte bis nach hinten in den Büroraum dringen. Du hast deswegen schon mehrere Beschwerdebriefe an den Bezirkshauptmann Herzog junior II verfasst. Die EU-Datenschutzrichtlinie gibt vor, dass persönliche Daten geschützt werden müssen, und seit die Plexiglasscheibe mit Durchreiche installiert ist, wird diese regelmäßig übertreten. Die Daten quer durch Räume zu rufen, zieht die Verbrecher an wie Nachtlichter die Gelsen. Der Beschwerdebrief hat nichts genutzt. Du musst noch einen schreiben, so kann das nicht weitergehen. Die Beamtin gibt die Zahlen in den Computer ein, klickt sich durch deine Akte und ruft laut, dass der Antrag noch nicht fertig bearbeitet sei. Das weißt du selbst, sonst hättest du das Geld bereits auf dem Konto, aber du bleibst ruhig. Du habest ihn schon vor sechs Wochen abgegeben, berichtest du, warum das denn so lange dauere. Sie meint, sie seien im Verzug, es sei nicht möglich, die Flut an Anträgen zeitgerecht zu bearbeiten. Sie kneift die Augen zusammen, um entziffern zu können, was da noch steht. »Außerdem zweifelt die Behörde an Ihrem Bemühen, die soziale Notlage überwinden zu wollen.«
»Wie bitte?«
»Wir glauben, Sie halten sich nicht an die Bemühungspflicht.«

Du traust deinen Ohren nicht. Du hältst dich an die Regeln, an die Gesetze, an jede einzelne strunzdumme Auflage! Die Behörde hat deine Mitwirkung verdammt noch mal nicht anzuzweifeln! Die Bearbeiterin kommt wieder an den Tresen und sagt, es werde noch eine Auflage überprüft, dann werde der Bescheid in den nächsten Tagen fertiggestellt. Du kochst innerlich. Wer hat das angeordnet? Haben es die Herzogs auf dich abgesehen? Du bemerkst steigende Hitze in Wangen und Stirn, du schluckst. Und noch einmal schluckst du, um den Ärger zu unterdrücken, der sich über die Kehle Luft machen möchte. Du darfst nicht der Hochgatterer werden. Du darfst hier nicht randalieren, ein Betretungsverbot würde alles verkomplizieren. Du darfst hier nicht laut werden, du brauchst nicht noch mehr Probleme mit diesen Idioten. Stattdessen fragst du zischend, wann das Geld auf dem Konto sein werde. Und die Bearbeiterin seufzt, weil sie solche Fragen enervieren. Du siehst ihr an, wie abstoßend du auf sie wirkst. Sie sagt, das werde schon noch eine Weile dauern. Du könntest dich doch in der Zwischenzeit um eine Arbeit bemühen. Bleib ruhig, ermahnst du dich selbst. Der Herzog junior II hat Schuld, nicht die neue Bearbeiterin. Du überlegst dir, was das Richtige sein kann, was du sagen könntest, und kommst zu dem Schluss, es gibt nichts mehr Richtiges zu sagen. Und du bist müde. Also sagst du Danke, es kommt dir eher schwer über die Lippen.

2
Melanie Ranftl

Melanie Ranftl wird noch ein paar Schriftstücke einpflegen und ein kurzes Gespräch mit ihrem Vorgesetzten führen. Melanie wird vorgeben, es nicht eilig zu haben. Ein paar Minuten wird sie den Dienstschluss hinauszögern, der erst bei Verlassen des Amtes mit der digitalen Stechuhr verzeichnet wird. Mit den paar Minuten längere Dienstzeit spart sie pro Woche ungefähr ein bis eineinhalb Mehrstunden an. Diese kann sie später für spontanen Zeitausgleich verwenden, sollte ihre vierjährige Tochter Lilli krank werden, wenn der Pflegeurlaub bereits aufgebraucht ist. Lilli geht in den Kindergarten. Kinder im Kindergarten sind mehrmals im Jahr krank, da sich ihr Immunsystem mit jeder Neuansteckung entwickelt. Zwei Wochen Pflegeurlaub reichen nicht, wenn der Vater kein Vater sein will.
Melanie Ranftl wird danach in ihren fünfzehn Jahre alten Fiat Punto einsteigen und damit durch den Stadtverkehr zum Kindergarten fahren, um ihre Tochter abzuholen. Wie jeden Tag wird sie dort von der gruppenführenden Pädagogin darauf hingewiesen werden, Lilli bitte pünktlich zur vereinbarten Zeit abzuholen. Es sei Lilli nicht zumutbar, allein zu warten, während die Mittagskinder bereits ihr Essen im Speisezimmer einnehmen. Melanie Ranftl wird sich entschuldigen, sie habe Stress auf der Arbeit, und sie

wird ihren Wunsch nach einem Nachmittagsplatz – wie schon so oft in den letzten Wochen und Monaten – wiederholen. Die Pädagogin wird sie weiterhin auf den nächsten Herbst vertrösten, unter Vorbehalt der Bewilligung der Gruppe durch die Stadtverwaltung und der Erreichung des vollen Personalschlüssels, der bei dem derzeitigen Mangel an Fachkräften nicht garantiert werden kann. Lilli wird ihrer Mutter an diesem Tag freudig um den Hals fallen, was ihre Mutter glücklich stimmt und die Pädagogin beruhigt. Oft fährt Melanie mit einem nervösen Ziehen im Bauch zum Kindergarten, da sie nicht weiß, wie Lilli sich verhalten wird und ob die Pädagoginnen ihr bereits übel nachreden. In letzter Zeit geht es Lilli nicht gut, die Trennung ihrer Eltern hat ihr zugesetzt. Wie auch Melanie selbst. Häufig holt sie Lilli ab, und Lilli verhält sich abweisend, manchmal stampft sie mit dem Fuß auf und schreit wie am Spieß, manchmal heult sie bitterlich, weil sie irgendein Spielzeug nicht findet, und einmal hat sie ihre Mutter sogar ignoriert. Sie hat getan, als würde sie sie gar nicht wahrnehmen. Als wäre sie ein Geist. Das hat Melanie derart verletzt, dass sie mitten in der Garderobe selbst in Tränen ausgebrochen ist. Die Pädagoginnen standen hilflos da und beäugten die Mutter, als hätte sie einen Nervenzusammenbruch. Melanie glaubt selbst, dass der Nervenzusammenbruch nicht mehr weit ist. Das kritische Beäugen der Pädagoginnen könnte irgendwann der Auslöser sein. Noch funktioniert sie aber.

Nach dem Abholen werden Mutter und Kind den

Wocheneinkauf unternehmen, und zwar bei einem Diskonter. Seit der Trennung kann sich Melanie keine Markenlebensmittel mehr leisten. Sie wird Lilli in den Einkaufswagen setzen, und von dort wird Lilli auf Lebensmittel zeigen, die sie haben will. Manche wird sie aus den Regalen an sich reißen. Ihre Mutter wird bei jeder Schokolade, bei jedem Riegel, bei jedem Süßgetränk zu ihrer Tochter »Nein« sagen. Das wird beide erst grantig, dann wütend machen. Lilli wird voller Wut ein Glas Paradeisersoße aus dem Regal nehmen und es gegen die Mutter schleudern. Das Glas wird am Boden zerschellen, und Melanie wird einen kurzen Flashback erleben von dem Moment, in dem der Hochgatterer am Amt einen Stuhl nach ihr geworfen hat. Die Stresshormone werden ausgelöst werden, und sie wird sich an Lilli abreagieren müssen. Sie wird Lilli schimpfen, wie sie es zuvor in der Öffentlichkeit noch nie getan hat. Die Blicke der Einkaufenden werden sich in ihre Richtung drehen, und als Lilli zu heulen beginnt, wird ihre Mutter sich umsehen und an den Blicken der Umstehenden erkennen, was sie gerade getan hat. Sie wird Lilli trösten und sich entschuldigen. Eine Supermarktverkäuferin wird die Scherben aufkehren und die Soße aufwischen. Melanie wird sich bei der Dame herzlich bedanken und sich oft entschuldigen. Lilli wird heute doch ein Süßgetränk bekommen. Es folgen die Heimfahrt, Kochen, ein Spielplatzbesuch mit einer bereits müden Lilli, das Abendessen und die Gutenachtgeschichte als Ritual. Dabei werden die Gedanken von Melanie häufig zur

Arbeit abschweifen, denn sie ist noch nicht vollständig eingearbeitet und hat dauerhaft Angst, etwas zu vergessen. Sie wird darüber nachdenken, ob sie ihre Sache gut macht, ob sie bereits nach einem halben Jahr nach einer Gehaltserhöhung fragen könnte, wird sich erinnern, dass sie nun im öffentlichen Dienst nach Gehaltstarifen entlohnt wird und diese als unverhandelbar gelten. Lilli wird oft an diesem Nachmittag »Mama!« rufen, und ihre Mutter wird es häufig erst beim dritten oder vierten Mal registrieren. Melanie wird am Ende des Tages das Wort Mama nicht mehr hören können und ihrer Tochter eintrichtern, dass sie nun bitte eine halbe Stunde ihren Frieden haben möchte. Was Lilli, deren einzige Ansprechpartnerin ihre Mutter ist, natürlich nicht einhalten kann. Lilli wird abends noch nicht einschlafen wollen und es auch nicht gut können, denn seit der Trennung hat Lilli Einschlafprobleme wie ihre Mutter. Nachdem Melanie elendlange Minuten an Lillis Bett gewacht haben wird, wird sie sich müde an den Esstisch setzen und ihre Dokumente sichten. Sie wird im Internet recherchieren, ob ihr Beihilfen zustehen und wo sie die beantragen kann. Sie wird ihre Einnahmen und Ausgaben sichten und mit Bitterkeit auf ihren Lohn starren. Sie wird wieder in Zorn verfallen, weil sie genauso viel verdient, wie eine Alleinerziehende mit einem Kind an Sozialhilfe bezieht. Sie wird sich ärgern, dass die zu Hause sitzen dürfen und sie arbeiten geht. Sie wird eine Milchmädchenrechnung anstellen und merken, dass das Urlaubs- und Weihnachtsgeld sie vor dem finanziellen Ruin retten könnten, und wird sich entscheiden, weiter arbeiten zu gehen, obwohl sie dringend einen Urlaub braucht. Eine Kur oder einfach Ferien zu Hause, um sich neu zu sortieren. Ihren Ärger über die nicht arbeitenden Sozialhilfeempfänger wird sie am nächsten Tag mit in die Arbeit nehmen, da sie nicht einsieht, dass andere nicht schaffen, was sie schafft, dass andere nicht das tun müssen, was sie tut. An diesem Abend wird sie herausfinden, dass der Antrag auf Wohnbeihilfe direkt bei der Landesstelle eingebracht werden kann. Das erleichtert Melanie. Sie möchte keine Anträge stellen, die an ihrem Arbeitsplatz eingereicht werden müssen. Ihre Arbeitskollegen sollen nicht wissen, wie schlecht es ihr finanziell geht. Melanie wird das Formular ausfüllen und einiges darin nicht verstehen, sie wird im Internet recherchieren müssen. Das wird sie an ihrer Kompetenz zweifeln lassen, denn immerhin ist sie selbst eine Verwaltungskraft und sollte mit Anträgen kein Problem haben. Dann wird sie alle Dokumente heraussuchen, die sie braucht, um den Antrag stellen zu können, und wird es genauso befremdlich finden wie du, Gruber, dass die Wohnbeihilfeabteilung nun über ihr gesamtes Leben Bescheid weiß. Sie wird sich fragen, ob sie ohne Scheidungsurteil überhaupt Anspruch haben wird. Sie stellt sich vor, dass sie ihren Mann auf Eheunterhalt verklagen wird müssen, und wird einen Trotzgedanken haben, denn sie ist stolz. Lieber untergehen als betteln. Bevor sie Unterhalt von diesem Arschloch durchsetzen kann, ist sie finanziell ohnehin ruiniert, wird sie denken. Melanie wird die Unterlagen kopieren und herausfinden, dass eine Druckerpatrone schon wieder leer ist. Deswegen wird sie fast wieder einen Nervenzusammenbruch erleiden, denn Druckerpatronen sind wahnsinnig teuer, und sie weiß nicht, woher sie das Geld nehmen soll. Aber Melanie wird sich zusammenreißen und keinen Nervenzusammenbruch bekommen, denn sie wird gebraucht. Sie wird für den heutigen Abend aber aufgeben und sich eine Flasche Wein öffnen, den Fernseher einschalten und leider wird sie drei Viertel der Flasche austrinken. Was es ihr zumindest ermöglicht, vor dem Fernseher einzuschlafen. Melanie wird beim Einschlafen bereits ein schlechtes Gewissen haben wegen des Alkohols. So kann es nicht weitergehen, wird sie sich ermahnen. Sie will nicht enden wie ihre alleinerziehende, cholerische, saufende Mutter, zu der sie den Kontakt abgebrochen hat, obwohl sie eine Oma gut gebrauchen könnte als Entlastung, weil der Vater kein Vater sein will.

3
Du

Du trittst vor die Tür, es regnet immer noch. Du schaust auf das Loch im Schuh. Eigentlich wolltest du dir diesen Monat ein neues Paar kaufen. Vom Ersparten kaufst du dir keine Kleidung, keine Schuhe, kein Essen, das Ersparte wird als eiserne Reserve zurückgehalten. Du müsstest vor dem Verhungern oder Erfrieren stehen, um es anzurühren. Ein Loch, in das sich die Nässe zieht wie in einen Schwamm, ist dir nicht Grund genug. Schuhe wirst du dir diesen Monat also nicht kaufen. Du holst die Packung Zigaretten aus der Tasche, in der auch die Butter verstaut ist, und merkst, sie schmilzt. Es ist eher unvorteilhaft, eine schmelzende Butter in der Tasche zu haben. Die Fettflecken waschen sich kaum raus. Du prüfst, noch dringt das Fett nicht nach außen, du solltest die Butter schleunigst loswerden. Wegwerfen wirst du sie nicht, schließlich bekommst du kein Geld die nächsten Tage, da wirfst du nicht das Essen weg, das du schon besitzt. Lebensmittel würdest du ohnehin nie wegwerfen. Du isst auch das schimmlige Brot und die angefaulten Erdäpfel, du schneidest die dunklen Stellen einfach aus dem Fleisch, das hat dir deine Mutter beigebracht. Du zündest dir eine Zigarette an, und dir fällt ein, dein Depot an Zigaretten wird bald zur Neige gehen. Du kaufst dir Stangen auf Vorrat. Eine angebrochene Stange hast du noch, es müssten noch acht volle Packungen darin sein, das heißt hundertsechzig Zigaretten, die reichen für zwölf Tage. Schränkst du dich ein, könntest du sechzehn Tage auskommen. Du beschließt das für dich, ab heute wirst du dir nur noch zehn Zigaretten pro Tag austeilen. Du denkst nach, ob dir irgendjemand noch etwas schuldet, aber du hast schon lange kein Geld mehr verborgt. Letzten Monat hast du dir ein paar der ersparten Hunderter genommen, um die Gasnachzahlung zu begleichen. Die Hunderter hast du für die Gasnachzahlung gespart, es war folgerichtig, sie auch für die Gasnachzahlung auszugeben. Musst du viele Hunderter deiner ersparten Hunderter ausgeben, wirst du immer etwas nervös. Hast du nur noch wenige Hunderter in der Spardose, hast du das Gefühl, es könnte dir etwas passieren. Etwas Unvorhergesehenes, wofür du den Rest der ersparten Hunderter ausgeben müsstest, sodass du kein Erspartes mehr besäßest, und diese Vorstellung ist unerträglich. Es würde dir den Boden unter den Füßen wegziehen, du würdest zum schwarzen Loch werden, es würde den Blick in den Lauf der Pistole deines Vaters bedeuten. Du hast dir bei der Bezahlung der Gasnachzahlung vorgenommen, im nächsten Jahr noch weniger zu heizen. Du heizt nur das Wohnzimmer und die Küche und in den kältesten Monaten das Schlafzimmer. Vorgenommen hast du dir, im nächsten Winter im Wohnzimmer zu schlafen. Dann müsstest du das Schlafzimmer nicht mehr heizen. Das hilft dir nun aber wenig, denn die Gasnachzahlung ist bereits beglichen und hoch aus-

gefallen, was dein Erspartes minimiert hat. Wegen des unvorhergesehenen Fehlers der Behörde ziehst du nun nervös an deiner zweiten von zehn Zigaretten heute und denkst an schwarze Löcher und Pistolenläufe.
Du stehst und schaust. Die Tropfen trommeln auf die Kapuze. Der Frühverkehr rauscht an dir vorbei. Wie du da so stehst und rauchst, werden die Schultern immer schwerer. Du würdest dich gerne setzen, es ist schwierig, deinen Körper aufrecht zu halten. Du hast bereits zu viel Energie und Kraft verbraucht. Du brauchst Schlaf. Schließlich hast du nicht sehr gut, nicht sehr lange und auch nicht durchgeschlafen diese Nacht. Während du die Zigarette rauchst, denkst du plötzlich an deine Mutter. *Die da oben*, zetert sie in deinem Kopf, *die da oben werden dir nichts schenken, Fred. Du musst dir dein Recht erkämpfen. Du musst dir nehmen, was dir gehört, Fred. Du brauchst einen starken Willen, einen starken Geist und Disziplin, um dich zu behaupten.*
Du entschließt dich, deine Mutter zu besuchen. Gestern warst du erst am Grab, aber du musst nach dem Rechten sehen. Deine Mutter beobachtet dich, das ist dir vollkommen klar: von ihrem Posten im Himmel, denn Gott selbst hätte sich nicht getraut, ihr den Himmelsplatz zu verwehren. Obwohl sie die Hölle wohl verdient hätte. Deine Mutter hätte IHN in alle Ewigkeit verflucht, und die Flüche deiner Mutter sind immer wahr geworden, haben sich manifestiert, als wäre sie eine Hexe gewesen. Sie hat deine Ehe verflucht, und der Fluch ist wahr geworden. Sie hat die Nachbarin verflucht und der Fluch ist wahr geworden. Sie

hat deinen Vater tausendmal verflucht, und tausendmal sind ihre Flüche wahr geworden. Mit deiner Mutter hat sich niemand angelegt, und wenn, hat die Person es bereut. Sie beobachtet dich, und wenn du nicht nach dem Rechten siehst, wenn du Fehler machst, wenn du dich von ihrem vorgezeichneten Pfad abwendest, würde sie dich aus dem Jenseits verfluchen, und der Fluch würde wahr werden.
Du gehst mit dem Loch im Stiefel und der Kapuze über dem Kopf zum Friedhof. Es ist bereits hell geworden, und die Straßenlaternen sind ausgeschaltet. Die Autofahrer halten sich an die Regeln, sie bremsen bei Rot ab, sie fahren bei Grün. Die Fußgänger unter den Regenschirmen ziehen die Köpfe ein, denn der Wind bläst und macht den Weg ungemütlich. Wie Marionetten kommen sie dir vor. Du magst keine Menschen, du verachtest sie. Du verachtest ihr Streben nach Glück, denn Glück bedeutet für sie Kapital und Konsum. Sie jagen Banknoten hinterher, indem sie sich einem Chef unterordnen und jeden Tag auf die stupideste Weise dasselbe tun. Du weißt nicht, was passieren müsste, bevor du für einen der Sorte Herzog junior arbeiten würdest. Der Bus fährt an dir vorbei. Du steigst nicht mehr ein, obwohl es dein gutes Recht wäre, kostenlos zu fahren, wenn die Behörde ihrer Arbeit nicht nachkommt und dir das Geld nicht rechtzeitig überweist. Die Behörde kann nichts von deiner Spardose wissen, und du wirst dich hüten, sie darüber zu informieren. Sozialhilfeempfänger dürfen ab einem gewissen Freibetrag kein Erspartes haben, sonst wür-

den sie keine Sozialhilfe bekommen. Du glaubst, das Limit erreichst du nicht mit deinem Ersparten, aber du wirst keine schlafenden Hunde wecken. Also holst du dir immer das gesamte Geld vom Konto, sodass das Konto den Sparbetrag bei der nächsten Kontrolle nicht anzeigt. Du bist nicht dumm. Die Behörde geht davon aus, dass du kein Erspartes hast. Der Herzog junior II riskiert also dein Verhungern, dein Erfrieren, deinen Tod, weil er dir kein Geld schickt. Du fragst dich, ob dem Herzog junior II das klar ist. Ob er weiß, dass die Sozialhilfe zum Überleben gebraucht wird und nicht für Luxusgüter wie die vielzitierte Hängematte, in die dich die Politiker legen, wenn sie sich über dich beschweren. Er weiß es. Klar weiß er es, er ist ein ignoranter Wichser. Die Beamten verfolgen und jagen dich, anstatt ihrer Pflicht nachzukommen, dem Dienst am Volk. Du bist schließlich Teil dieses Volkes, auch wenn es ihnen nicht zu Gesicht steht. Du als Mensch, hineingeboren in diesen Staat, gehörst nun einmal zu diesem Staatsvolk dazu, auch wenn du nicht arbeitest. Auch wenn du kein Leistungsträger bist, kein Hackler, kein Schaffender. Du hast keine Lust mehr, dich für die anderen sklavisch zu verdinglichen, dich gesundheitlich zu ruinieren, nur um ein Rädchen im System zu sein, das sich nahtlos in die anderen Räder fügt. Die Maschine funktioniert auch ohne dich. Und du willst nicht repariert, nicht geölt, nicht versetzt werden an eine andere Stelle, nur um mitzudrehen am Kapitalmarkt, am Arbeitsmarkt, am Konsummarkt, die können dich alle mal.

Du gehst zum Friedhof und willst nach dem Rechten sehen, du machst das für die Seele deiner Mutter. Sie soll Frieden haben im Himmel, dann kannst auch du ruhig schlafen. Auch für deine Seele machst du das. Es sucht dich das schlechte Gewissen heim, wenn du ihren Anweisungen aus dem Jenseits nicht folgst. Du hast es bereits versucht, den Friedhof und das Grab deiner Mutter nicht zu besuchen. Du hattest das Gefühl, dich davon befreien zu müssen, nun da deine Mutter tot ist und keine Gewalt mehr über dein Leben hat. Aber deine Mutter hat dir schlaflose Nächte geschickt und Albträume. Also hast du ihren Wunsch, nach dem Rechten zu sehen am Grab, in dem sie liegt, Woche für Woche erfüllt.
Es spendet dir keinen Trost, am Grab deiner Mutter zu stehen. Du betest nicht für sie, du betest nicht zu ihr für dich. Du stehst da und schaust, ob die Oberfläche rein ist, die Kerze brennt und die Blumen nicht verdorrt sind. Würde die Oberfläche schmutzig sein und die Blumen verdorrt, würden die Besucher der Grabnachbarn über die Grabpflege schimpfen und die Würde deiner toten Mutter beschmutzen. Deine Mutter würde die Lästereien im Himmel hören und würde dich verfluchen. Manchmal spricht sie zu dir. Meist schimpft sie. Sie ist tot, aber immer noch da. Du hörst sie in deinem Kopf, wie sie sich beschwert über dich. Aber dafür musst du nicht an ihrem Grab stehen, sie sucht dich heim, egal, wo du dich befindest.
Ein bisschen melancholisch wirst du. Kurz kannst du den Gedanken denken, dass sie es gut mit dir meint,

obwohl du weißt, dass sie es sicher nicht gut mit dir meint. Und als du den Gedanken denkst, sie könnte es gut mit dir meinen, spürst du die Sehnsucht nach Trost von deiner Mutter. Von irgendeiner Person. Du kennst dich mit der Seele nicht gut aus. Du weißt nicht, ob es eine gibt, und wenn, was eine Seele genau ist und wo sie hingeht, wenn du tot bist. Du fragst dich, ob die Seele deiner Mutter dir aus dem Jenseits heraus Trost spenden könnte, wenn sie dich auch verfluchen kann. Ob du selbst eine Seele hast. Wenn du eine Seele hast, dann ist sie beschädigt. Sie wurde zerstört, von deiner Ex, von deinem Vater, von deiner Mutter. Du findest, deine Seele wurde durch die Mangel gedreht und ist kaputt. Sie ist schwer. Du glaubst, die Sehnsucht nach Trost deiner Mutter kommt von deiner schweren Seele. Doch weil du den Gedanken nicht erträgst, dass dir irgendjemand, eventuell deine Mutter, Trost spenden könnte, schüttelst du die Sehnsucht buchstäblich körperlich ab. Du erzitterst wie bei Eiseskälte. Du brauchst keinen Trost. Trost ist etwas für Schwächlinge, und ein Schwächling bist du nicht.

Lange hast du niemanden getroffen, der dir deine Seele leichter macht. Du glaubst, die, die du triffst, sind ein Seelengewicht. Du triffst nicht viele Leute. Die, die du triffst, verhalten sich, als glaubten sie nicht an die Seele. Du denkst an die Sachbearbeiterin bei der Behörde, du denkst an den Kontrolleur, an die Herzogs. Die haben die Absicht, dir deine Seele schwer zu machen. Du glaubst, weil sie nicht an die Seele glauben, reden sie mit dir, als hättest du keine.

Du bist anders. Du bist nicht mehr so, wie man es von dir will. Du bist nicht so, wie du es von dir selbst willst. Deine Nerven sind ein bisschen blank. Was deine Seele so schwer macht, ist das Gefühl, du müsstest dauerhaft kämpfen. Du willst aber nicht mehr kämpfen. Der Eindruck, du müsstest dauernd irgendwelche Dinge tun, die du nicht tun willst. Du müsstest mit Leuten sprechen und dich dabei klein machen, obwohl du nicht klein sein willst. Du müsstest mit Leuten sprechen, die nicht mit dir sprechen wollen, du willst auch nicht mit ihnen sprechen. Du kannst es dir noch so sehr wünschen, gerne ein Kämpfer zu sein, ein Anpacker, ein kleines Rädchen im System, das gerne an genau dieser Stelle sitzt, sich gerne um sich selbst dreht und die anderen dabei antreibt. So bist du nicht mehr.

Würdest du in Ruhe gelassen, würde deine Seele leichter werden, aber es geht in diesem Land nicht um die Seele. Es geht um Geld. Mit Geld kannst du dir Ruhe kaufen. Manchmal wünschst du dir, ein reicher alter Sack zu sein. Ein Herzog junior zu sein. Oder einer drüber. Einer, für den das Geld auf der Bank arbeitet. Einer, für den die Leute arbeiten, damit er seine Ruhe hat und mit niemandem sprechen muss, wenn er nicht will, nicht tun muss, was er nicht will, und nicht kämpfen muss. Du müsstest gar nicht reich sein. Du müsstest nur so viel Geld haben, um leben zu können wie jetzt, aber ohne ständig dafür zu kämpfen, auf der Behörde, am AMS oder bei den anderen Institutionen. Wärst du ein reicher alter Sack, würdest du leben

wie gehabt, denn dein Leben ist erträglich. Und deine Seele wäre leichter.
Du betrittst den Friedhof, drei schwarze Krähen lassen sich hinter dir auf dem Schotterweg nieder. Sie krächzen, als erwarteten sie Futter. Der Regen lässt etwas nach, doch der Wind fährt durch die noch kargen Linden und zieht im Genick. Du wirst nicht lange bleiben, willst nur nachsehen, ob alles in Ordnung ist. Du schaust dich um. Eine alte Frau geht langsam drei Reihen entfernt, mit Regenschirm, sie will gut aussehen beim Friedhofsbesuch. Sonst bist du der einzige Besucher. Die Leute haben keine Zeit, unter der Woche ihre Verstorbenen zu besuchen. Du wanderst zu ihrem Grab, dritte Reihe links. Der Regen trommelt auf die Kapuze, die Krähen hüpfen dir nach. Die meisten Gräber sind gepflegt, auf manchen liegt noch das Laub aus dem Herbst. Du schüttelst darüber missbilligend den Kopf. Das würde dir nie passieren. Erst schieben sie sie ins Pflegeheim ab und besuchen sie nie. Und wenn sie den Löffel in denkbar unwürdigster Weise abgeben, verscharren sie sie unter der Erde und lassen das Grab verwahrlosen, während sie das Erbe verprassen. Aus der Ferne siehst du bereits, dass die Vase auf dem Grab deiner Mutter umgestoßen wurde. Irgendjemand hat die Blumen umgeworfen, die du deiner Mutter gestern gebracht hast. Vielleicht war es nur der Wind. Auf den anderen Gräbern stehen alle Vasen noch, und die Vase, die du für das Grab besorgt hast, unterscheidet sich nicht sonderlich von jenen auf den anderen Gräbern. Es muss sie jemand absichtlich umgestoßen haben.

Nur weil deine Vase die billigste war, kann sie doch nicht leichter vom Wind umgestoßen werden als die teuren. Es muss Absicht gewesen sein. Irgendjemand hat seinen Spaß daran, dich und deine Mutter zu quälen. Irgendjemandem missfällt es, wie respektvoll du deiner Mutter zu Lebzeiten und im Tod begegnest. Du spürst einen Blick auf dir ruhen. Irgendjemand versteckt sich hinter den Büschen und lacht sich einen ab. Es ist sicher der Herzog junior I. Er hat dich am Gang erkannt und ist dir gefolgt. Weil er dich nicht mehr ins Klo tunken kann, wirft er die Vase am Grab deiner Mutter um! Du hörst deine Mutter schimpfen. Sie schimpft mit dir, als wärst du schuld an der umgestoßenen Vase. Als wärst du schuld, dass es solche Menschen gibt, beziehungsweise daran, dass Menschen auf die Idee kommen, die Vase auf dem Grab deiner Mutter umzustoßen, weil du selbst ein Schwächling bist. Weil du zu schwach, zu rührselig bist, dir Trost erhoffst und für nichts zu gebrauchen bist. Weil du nichts auf die Reihe bekommst, dauernd Fehler machst. Der Sinn, der Blicke spüren kann, alarmiert dich. Du stehst unter Beobachtung. Ein Blick ist auf dich gerichtet, du spürst es. Du siehst dich genau um. Kannst niemanden entdecken. Du wirst wachsam bleiben. Steigst auf das Grab, richtest die Vase auf und sagst: »Das kommt nicht wieder vor, Mutti. Ich werde der Friedhofsverwaltung einen salzigen Beschwerdebrief schreiben!«

4
Du

Ungetröstet machst du dich nach Hause auf. Der Regen hat nachgelassen, der Wind hat sich intensiviert. Du hebst die Schultern, damit er nicht in den Nacken kriecht. Du spürst die aufkommende Verspannung, sie zieht über den Nacken in die Schultern in den Rücken. Wetter geht an die Substanz. Du gehst an der Bushaltestelle vorbei, ein Plakat prangt im Schaufenster. »Klimaschutz mit Wirkung: sichere Arbeitsplätze« steht darauf. Ein Politiker, der von seinem Chauffeur von A nach B gebracht wird, der kennt Wetter nicht. Die wissen nicht, was es heißt, bei gleißender Sonne zu ernten oder zu asphaltieren. Die wissen nicht, wie klamm Finger vom Reifenwechsel in kalter Jahreszeit werden können oder wie rissig die Haut wird, wenn du Punsch ausschenkst. Sie haben keine Ahnung von schneebedingten Übernachtungen auf der Autobahn oder von den durchnässten Klamotten der Postzustellenden. Politiker sitzen in ihren beheizten oder klimatisierten Büros oder in ihren beheizten oder klimatisierten Autos oder Flugzeugen, wofür ihnen die Sekretärin die Tickets im Internet besorgt hat. Sie pulvern Massen an CO_2 in die Luft und werben dann mit Klimaschutz und Arbeitsplätzen durch neue Technologien. Sie wissen genau, die Industrie wird immer Öl bevorzugen, wird immer Kohle abbauen, wird immer Müll produzieren und danach verbrennen. Und sie wissen, sie sind von den Geldern der Industrie abhängig und werden wieder Kohle und Gas fördern. Januskopfige Opportunisten. In Bierzelten oder auf Pressekonferenzen oder auf Großveranstaltungen schleudern sie Worte durch die Luft, die gerade angesagt sind. Die Trends repräsentieren. Klimakatastrophe, grüne Wende, dass du nicht lachst. Danach essen sie Kaviar, Litschis und Drachenfrüchte vom anderen Ende der Welt und sprechen in ihre Smartphones vom anderen Ende der Welt und tragen ihre Anzüge und Schmuck mit Edelsteinen vom anderen Ende der Welt. Was sie tun, ist vollkommen unabhängig von dem, was sie sagen. Du könntest kotzen. Irgendwann solltest du Wetter tatsächlich auf der Haut gespürt haben, um zu wissen, was es heißt, vom Klima bedroht zu sein. Solltest du dich dem Luftdruck, dem Föhn, dem Sturm ausgesetzt haben. Du musst dich den weichen Flocken, Eisregen und den Temperaturen ausgesetzt haben, um eine Ahnung davon zu bekommen, wie Wetter auf den Körper wirkt, wie Wetter sich im Körper ankündigt, wie Wetter sich entwickelt und was es für fatale Folgen für das Wetter hat, wenn sich das Klima weiter erwärmt. Deine Großmutter lebte auf dem Land, sie hatte einen großen Garten und verbrachte die meiste Zeit draußen. Ihre Trefferquote bei der Wetterprognose überstieg die der Meteorologen bei weitem. Eine klare Sternennacht im Winter bedeutet Eiseskälte, hast du von ihr gelernt. Tau am Morgen und Sonnenschein erzeugt in den kalten Jahreszeiten Nebel am Vormittag. Turmwolken am Horizont kündigen stürmische Gewitter an, tief fliegende Schwalben einen regnerischen Tag. Der grüne Himmel kündigt Hagel an, hört das Zirpen in der Wiese auf, laufe schnell ins Haus. Juckt es in den Beinen, ziehen die Spinnen Fäden, wird es lange nicht regnen. Wer weiß das heute noch, fragst du dich und fühlst dich wie aus der Zeit gefallen. Was würde deine Großmutter zu den Stürmen im Sommer, zu den vielen grünen Himmeln in letzter Zeit sagen? Was würde sie dazu sagen, dass es im Sommer über Tage und Wochen nicht regnet, und wenn, dann in Sturzfluten? Sie würde den Weltuntergang in den Knochen fühlen, das weißt du bestimmt. Wie gut, dass sie bereits lange tot ist.

Über der Stadt zeigt sich der Himmel grau in grau. Da du den Horizont nicht siehst, kannst du am Himmel nicht ablesen, wann das Wetter besser wird. Für dich ist jedes Wetter gut, nur nicht dann, wenn du durch die Stadt wandern musst wegen des fehlenden Geldes. Am Land hat das Wetter den Rhythmus bestimmt. Es hat die Arbeitszeit und die Pausen bestimmt, es hat die Tätigkeit und die Kollegen festgelegt. Niemand sagte, was zu tun sei, alle richteten sich nach den Gegebenheiten der Natur. Das ist das, was du an deinem Garten liebst. Er ist still und sagt dir trotzdem, was zu tun ist. Du wanderst durch den Regen, der dir vorgibt, im Garten nichts tun zu können. Im Frühling braucht die Erde, brauchen die Bäume, die Blüten, die Insekten und das Gewürm den Regen. Die Natur braucht Regen im April, damit das Leben sich entfalten kann, dazu musst du jetzt nichts tun. Du wirst den Regen ohne Jammern ertragen, dein Garten freut sich darüber.

Als du zu Hause ankommst, begrüßt dich Milli auf dem mit Brombeergeäst überwucherten Weg zur Haustür. Mit niedlichem Maunzen streift sie um deine Beine. Du hast kein Katzenfutter mehr, fällt dir ein. Du hebst sie hoch und streichelst ihr über den Kopf. Sie gehört Maria, aber bei Maria würdest du selbst auch nicht bleiben wollen. Du schließt die Tür auf und trittst in das leere Haus. Es schlägt dir eine feuchtkalte Atmosphäre entgegen. Frühling und Herbst sind Gift für das Haus. Die Wände im Erdgeschoss sind dick, es ist kalt und feucht wie in einer Höhle. Du hast dich abgefunden mit deinem Höhlenmenschendasein. Dicke Socken, Decken und der kleine Holzofen in der Garage bringen dich durch die Übergangszeiten. Du wirfst den Schlüssel auf den alten Garderobenkasten, lässt Milli auf den Boden und entledigst dich deiner triefnassen Jacke. Ob Fettflecken daran sind, erkennst du ob der Nässe nicht. Du hängst sie in der Garage auf einen Holzstuhl, damit sie abtropfen kann. Machst mit dem gehackten Holz etwas Feuer im Werkstattofen. Die weiche Butter und den Semmelsack nimmst du aus der Tasche, sowie dein altes Nokia. Nimmst all das mit in die Küche, legst es ab auf dem Küchentisch, die Butter kommt in den Kühlschrank. Ziehst dir die Schuhe aus, den mit und den ohne Loch. Die Socke am linken Fuß hat sich vollgesogen, du schälst sie herunter. Die Haut ist weich, gerötet und kalt. Der

Fuß kribbelt und fühlt sich wie ein Fremdkörper an. Der Nagel am großen Zeh wächst ein. Rundherum ist er bereits druckempfindlich. Den Dreck unter dem Nagel und rundherum pulst du mit den Fingern heraus. Du hoffst, es wird nicht schlimmer. Du kannst dir keine Fußpflege leisten wie die reichen Schnösel, also darf dir der Nagel nicht einwachsen. Du nimmst dir vor, ihn zu beobachten. Du ziehst die von deiner Mutter gestrickten Schafwollsocken über. Im Kühlschrank findest du einen angebrochenen, von dir selbst eingelegten Erdäpfelsalat, Essiggurken, acht Scheiben Extrawurst und einen Emmentaler Käse. Geschnittenes Schwarzbrot ist auch noch da. Du machst dir ein Brot mit Butter, drei Scheiben Extrawurst und Käse, stellst auch den Salat auf den Tisch. Milli zerreißt du ebenfalls eine Wurst. Sie stellt sich auf die Hinterbeine, um dir aus der Hand zu fressen. Als die Kühlschranktür zufällt, geht das Summen wieder los. Du flüchtest ins Wohnzimmer und drehst den Fernseher an.
Die Barbara-Karlich-Show läuft, eine Wiederholung. Das Thema lautet »Mit wenig Geld gut leben«. Gerade spricht Josef, 74, der sich nicht schämt, im Sozialmarkt einzukaufen. Du nimmst einen Bissen vom Wurstbrot und schiebst dir eine Essiggurke hinterher. Im Sozialmarkt würdest du nie einkaufen. Eine Restwürde muss man sich erhalten. So weit kommt es noch, für bereits abgelaufene Lebensmittel Geld auszugeben. Und dafür wieder das Einkommen offenlegen zu müssen, um eine Einkaufsberechtigung zu erhalten! Nicht der geizigste, halbwegs gut Verdienende würde dort

einkaufen! Außerdem wirst du erkannt als Sozialhilfeempfänger, wenn du dort einkaufst. Oder zumindest als arm. Die Nachbarn sollen nichts über dich erfahren, schon gar nicht deinen Kontostand. Eine Gabel voll Erdäpfelsalat schiebst du dir lustlos in den Mund. Er dürfte schon ein wenig gären, schmeckt sauer. Auch bei der Caritas wirst du kontrolliert, ob du dein Geld verschwendest, wenn du dorthin betteln gehst. Bist du Kunde beim Sozialamt, bedeutet das ohnehin, kein Auto, kein Vermögen, keine Nebeneinkünfte zu haben, aber die Dienstleistung *Kontrolle* boomt. Sozialamt bedeutet Kontrolle radikal. Die wollen das Gefühl erzeugen, du würdest bei jedem deiner Schritte beobachtet. Stehst du unter Beobachtung, hältst du dich an die Regeln, das ist klar. Es ist wie in der Schule: Auch wenn du nicht dauerhaft von einem Lehrer beobachtet werden kannst, wirst du nicht schummeln, weil er dich gerade in diesem Moment beobachten *könnte*. So reguliert sich die gesamte Gesellschaft selbst. Niemand muss sagen: Geh arbeiten! Denn jeder weiß, dass er arbeiten gehen muss, denn geht er nicht arbeiten, heißt das, jemand wird merken, dass er nicht arbeiten geht, und mit dem Finger auf ihn zeigen. Dann gehörst du zu den Arbeitslosen, und die Arbeitslosen sind bekanntlich schuld am wirtschaftlichen Untergang des Landes. Jedes Quartal wird die Arbeitslosenquote in der Zeitung breitgetreten, und es wird an der Quote und an dir, der du Teil der Quote bist, gemessen, wie schlecht es dem Land geht. Dann folgen diese Erzählungen: Wenn der Arbeitslose nur wollte, würde er einen Job bekommen. Wenn er sich nur bilde, würde er einen Job bekommen. Vollkommener Blödsinn, aber der Mensch wird es glauben: arbeiten gehen ist besser als nicht arbeiten gehen. Der Medienkonsument wird das Arbeiten nicht hinterfragen, denn wenn jeder arbeiten geht, ist das normal. Bist du aber zum Beispiel behindert und kannst keine normale Arbeit machen, wirst du trotzdem eine einfache Arbeit machen, damit du in einem Beschäftigungsverhältnis stehst, auch wenn du dafür einen Scheiß bezahlt bekommst. Oder wenn du ganz normal bist, aber eine schlecht bezahlte Arbeit angeboten bekommst, wirst du trotzdem dort arbeiten, weil es besser ist, als irgendjemand zeigt mit dem Finger auf dich. Du tust alles, um beschäftigt zu wirken. Du tust alles, um an Arbeit zu kommen, somit lenkst du dich selbst, organisierst dein ganzes Leben so, dass du arbeiten kannst. Das Land muss gar nichts tun, um dich zu lenken, die schreiben keinem Volksschüler einen Brief: Lern, weil später musst du arbeiten! Der Schüler weiß das von Kindesbeinen an, er geht in die Schule, um später einen guten Job zu bekommen. Immerhin dreht sich alles nur um Erwerbsarbeit, Leistung, Optimierung, Geld, Erfolg, *es* schaffen. Je normaler du bist, desto freier und unbeobachteter fühlst du dich. Aber wehe dir, du bist verrückt oder arm oder abhängig oder fährst ohne Fahrkarte mit dem Bus. Das ist ein gutes Beispiel! Da gibt es einen, der alle paar Wochen ein paar Busse kontrolliert, und deswegen kaufst du dir jeden Tag ein Ticket. Da dreht

sich dann der gesamte Diskurs nur darum, ob du ein Ticket hast oder nicht. Du wirst alles tun, um dir ein Ticket kaufen zu können, weil du dich davor fürchtest, irgendwann ohne Ticket aufgegriffen zu werden. Keiner stellt in Frage, warum man überhaupt ein Ticket braucht. Keiner stellt in Frage, ob es nicht sinnvoller wäre, den öffentlichen Verkehr für alle kostenlos zu machen. Die Katze beißt sich in den Schwanz. Jeder Einzelne wirkt mit, dass alles so bleibt, wie es ist. Milli hüpft auf den Tisch, sie riecht die Wurst. Du reißt ihr noch ein Stückchen ab und wischt die Katze dann vom Tisch. Du erinnerst dich, nachdem deine Mutter tot war, stand ein Beamter plötzlich vor der Tür, um zu überprüfen, ob im Badezimmer zwei Zahnbürsten im Becher stehen. Angeblich hatte ihnen irgendjemand angezeigt, du seist mit Kristina liiert, ihres Zeichens ebenso Sozialhilfeempfängerin mit zwei Hunden. Eine Lebensgemeinschaft bezieht weniger pro Kopf, da mussten die Beamten die Überprüfung einleiten. Dabei wart ihr nur ein paarmal miteinander und den Möpsen spazieren, und die Nachbarschaft hat blöde Gerüchte in Umlauf gebracht. Ständig wirst du beobachtet und bewertet und wehe, du machst tatsächlich einen Fehler. Ob du eine Freundin hast oder nicht, ist deine private Angelegenheit, die hat niemanden zu interessieren!
In der Karlich-Show scheinen die Armen aber glücklich zu sein. Josef ist Pensionist, der muss nicht mehr zur Behörde, vielleicht liegt es daran. Er gibt allerhand Spartipps, wohnt seit neuestem mit einer Frau in

einer WG. Das hat ihn zwei Hunderter von der Sozialhilfe gekostet, aber er steigt trotzdem besser aus als früher, als er die Miete allein berappen musste. Die Mitbewohnerin sitzt im Publikum. Die zwei dürften sich gut verstehen. Mal sehen, wie lange noch und wer dann wem die Hölle heißmacht.

Peter, 66, kauft Elektrogeräte gebraucht. Deine sind so alt, dass sie nicht kaputt gehen. Damals hat man noch Qualität erzeugt. Qualität, die mitunter laut summt, wie dein Kühlschrank. Du wirst den Teufel tun und dir einen neuen mit Sollbruchstelle anschaffen. Davon sprechen jetzt auch die Gäste bei der Karlich, über Elektrogeräte, die justament nach der Garantiezeit eingehen. Dann diskutieren sie übers Sparen. Nicht für Luxusgüter, sondern für die bald den Geist aufgebende Waschmaschine. Und dass dies die jüngeren Generationen gar nicht mehr könnten. Weil sie nicht wüssten, was es heißt, mit wenig über die Runden zu kommen.

Renate, 55, tritt auf die Bühne, sie war letzten Sommer zum ersten Mal auf Urlaub. Kristina hatten sie einmal das Geld gestrichen, weil sie im Urlaub war. Sie war nicht vorsichtig genug, hat auf ihrem Facebook-Konto ein paar Bilder vom Besuch bei ihren alten Eltern in der Slowakei gepostet. Auf dem Foto sitzen die Möpse im Einkaufskorb am Rad und lassen die Zunge heraushängen. Kristina lächelt in die Kamera, über dem Bild steht »Kristina ist in ...« und ein Ortsname ist eingefügt, den hast du vergessen. Das war Kristinas großer Fehler. Wenn du dem Arbeitsmarkt zur Verfügung stehen musst, wenn du deine Bemühungspflicht erfüllen musst, dann heißt das, die Staatsgrenze nicht überqueren zu dürfen, sonst übertrittst du ein Gesetz, wirst bezugsgesperrt und zahlst Strafe. Die Task-Force Sozialbetrug kümmert sich um solche Fälle. Die gibt es seit kurzem. Du fragst dich, wie viel diese Task-Force kostet, wie hoch die Betrugsmasse ist, die aufgedeckt wird. Und ob die Betrüger das je zurückzahlen können, ob das grundsätzlich ein Verlustgeschäft für den Steuerzahler darstellt. Urlaub gibt es keinen für Kunden vom AMS und Sozialamt. Langsam verstehst du, warum das Anträge-Abarbeiten so lange dauert. Die Beamtinnen klicken sich lieber durch die Facebook-Profile der Kunden.

Margit, 74, näht sich ihre Kleider selbst. Sie erzählt gerade von den Pensionen der nun alten Mütter, damals gab es keine leistbaren oder gar keine Kinderbetreuungsplätze. Mütter, die nicht arbeiten konnten, weil sie bei den Kindern bleiben mussten. Margit setzt sich dafür ein, Frauen die Mindestpension zukommen zu lassen, egal ob sie einen Mann mit zünftiger Pension haben. Deine Mutter hat immer gearbeitet. Dein Vater war zu nichts zu gebrauchen. Hat immer gesoffen. Ein Schläger war er, vor allem dich hat er geprügelt, aber auch sie hat ihre Watschen abbekommen. Für dich hat sie ihn fortgeschickt, sie war eine mutige Frau. Hat dir immer wieder vorgeworfen, wegen dir, Fred, wegen dir hab ich deinen Vater weggeschickt, und jetzt schau dir an, was du daraus gemacht hast. Damals hat sich das kaum eine getraut,

hat sie dir immer wieder erzählt. Manchmal erdrückt dich die Schuld, ein schweres Leben hatte sie dadurch. Und du warst oft allein. Verdient hat sie fast nichts. Die Pension war mager, äußerst mager.
Deine Mutter war schlau. Rechtzeitig hat sie das Haus auf dich überschrieben, das ist schon lange her. Ihr wart damals beim Herzog junior I. Er hat dich angesehen und freundlich getan. Er hat gelacht, als er dir die Rechnung übergab. Er hat sich fix an euch bereichert, du bist dir sicher. Damals gab es noch den Pflegeregress. Sie hat es dir überschrieben, damit das Land es nicht bekommt, solltest du sie in einem Pflegeheim unterbringen. Hast du nicht getan, du hast sie bis zum Schluss gepflegt, du bist stolz darauf. Das war eine harte Zeit, das Geld war knapp, deine Mutter wurde grantiger, böser, verbitterter. Aber wie sie sich aufgeregt hat, damals, als sie von dem Pflegeregress erfahren hatte! »Was denen einfällt!«, hat sie gezetert.
»Die nehmen uns das Haus weg, nur weil ich alt und schwach bin! Für das Haus hab ich geschuftet, hab mein Lebtag Steuern gezahlt, die Knochen sind mir fast aus den Gelenken gesprungen! Hart gearbeitet habe ich, die Politikerschnösel haben keine Ahnung, wie hart! Das ganze Leben war mir angst und bang, es behalten zu können. Dann wirst du alt, landest im Heim, und zur Strafe nehmen sie dir das Haus weg. Der Stefan soll es bekommen, irgendwann, Manfred!«, hat sie dich beschworen. »Versprich es mir. Es ist zwar alt und fällt auseinander, aber er wird schon etwas

daraus machen. Er ist ein kluger, geschickter Bursch. Versprich es mir!«
Natürlich hast du es ihr versprochen. Wenn es nicht vorher zerfällt, wirst du das auch tun. Wenn Stefan das Haus will. Das ist die andere Frage.
Du schiebst dir den letzten Bissen Brot in den Mund und zwei Gabeln Erdäpfelsalat. Milli bettelt, aber du ignorierst sie. Für das Pflegen deiner Mutter hast du nichts bekommen. Das Pflegegeld war knapp, die Mindestpension hat sie auch nicht voll bekommen, weil du mit ihr im Haus gelebt hast. Deine Mutter und du, ihr wart eine Lebensgemeinschaft. Sie nennen das anders, Bedarfsgemeinschaft. Bei der Behörde haben sie immer gesagt, sie sollte in ein Heim. Weil dir das Haus bereits gehörte, hättest du auch nichts zahlen müssen für die Pflege im Heim. Sie wollten deine Mutter in ein Heim stecken, damit du einer Arbeit nachgehen kannst. So ein Schwachsinn. Du hast dich um sie gekümmert, damit hast du dem Steuerzahler einen Haufen Geld erspart. Aber das Argument zieht nicht bei der Behörde. Denn Bemühungspflicht bedeutet nicht, bemühe dich um deine Mutter, es bedeutet nur, bemühe dich um Erwerbsarbeit. Du selbst hast sie gepflegt, weil du sie eben gepflegt hast. Du brauchtest keinen Grund. Und wenn, dann war deine Mutter der Grund. Damit sie in ihren letzten Jahren das Rauchen nicht aufgeben und das Haar nicht abschneiden musste und ins Bett gehen konnte, wann sie es wollte – und nicht irgendeine Pflegerin im Heim. Du sahst den Sinn nicht, arbeiten zu gehen, damit jemand anderes

an deiner Mutter arbeitet. Deine Mutter war Arbeit, du hast gearbeitet. Am Ende war sie viel Arbeit und deine Mutter – das ist eine anstrengende Mischung. Als Franz, 74, sagt, dass der Altersarmut heute Tür und Tor geöffnet wird, schaltest du den Fernseher aus.
Du brauchst eine Zigarette. Du stehst auf und bemerkst, deine Knie sind etwas schwach. Du gehst in die Garage, siehst nach dem Feuer. Den Stuhl, auf dem die Jacke hängt, wendest du und setzt dich. Dabei siehst du den Fettfleck an der getrockneten Tasche und ärgerst dich. Den kriegst du nicht mehr raus, die Gallseife ist dir ausgegangen. Du öffnest die Ofentür und hältst die Zigarette in die Flammen. Drehst sie zwischen Daumen und Zeigefinger. Dann ziehst du daran, mehrmals, du ziehst den Rauch ein, atmest befriedigt aus.
Und du schaust. Das passiert dir häufiger seit dem Unfall, du sitzt und schaust und denkst. Dein Blick verschwimmt. Es flackern die Flammen und zeigen dir Gesichter. Ellis von schwarzem Haar umrahmtes Gesicht mit der viel zu großen Nase und der strafend in Falten gezogenen Stirn. Stefans abgewandter Blick. Deine Mutter mit geschlossenen Augen und der fahlen Todesgrimasse. Mit dem Sinn, der Blicke spürt, fühlst du den Geist deiner Mutter hinter dir. Sie schimpft und zetert und schickt dich ins Feuer. Sie erwartet dein Brennen. Elli erwartet dein Brennen. Stefan. Du solltest brennen.
Milli rettet dich mit einem Miauen. Du wendest dich ihr zu.

Du streichelst über das weiche Fell. Sie drückt sich gegen die Handfläche und schnurrt.
Du nimmst den Schürhaken vom Ofen und stocherst in den Flammen. Legst ihn in die Glut, um ein Scheit zu stabilisieren. Wäre Kristina doch eingezogen. Sicher hat sie sich bei Elli erkundigt über dich. Von dir aus erzählst du nur die halbe Wahrheit. Vom Unfall. Mit Huberts Traktor zum Wald getingelt, für Hubert roboten. Nüchtern, am Morgen. Nichts hattest du getrunken. Plötzlich knallt es hinter dir. Ein Auto mit vollem Karacho gegen das Heck des Traktors. Ein Schreck, und dann der Baum. Er kam in Zeitlupe so schnell näher. Der Aufprall. Das Klingeln im Ohr. Orientierung. Blut. Rauskommen, irgendwie rauskommen. Du stehst auf der Straße und schaust. Wie kann das sein? Wie kann jemand einen riesigen Traktor mitten auf der Straße übersehen? Niemand hat dir Vorwürfe gemacht. Der andere war schuld. Du hast dich erschreckt und das Lenkrad verrissen und bist gegen den einzigen Baum auf weiter Flur gekracht. Eine Platzwunde, Gehirnerschütterung, die Schulter war gebrochen, zwei Rippen und das Schienbein. *Glück im Unglück* sagst du immer am Ende der Erzählung. Das Unglück lässt du aus. Ein paar Wochen bist du im Bett gelegen. Mit dem dumpfen Gefühl, dem Tod gerade entkommen zu sein. Dieses Nicht-tot-Sein spürtest du wie eine aufgerissene Wunde im Gesicht. Als stündest du mit offenem Fleischgesicht in Wind und Regen und Sonne. Als sprudelte das Gehirn durch die Augenhöhlen aus dir heraus. Nicht denken,

nicht fühlen. Nur der Schmerz, davongekommen zu sein, und nicht wissen, wozu. Du hast gelitten. Zornig, du warst so zornig. Der andere blieb unverletzt, und du mutiertest zum schwarzen Loch, schwer, absorbierend, dunkel. Du hast jeden Tag gesoffen. Das hat die offene Wunde im Gesicht betäubt. Was sollst du anderes tun, wenn du das Haus nicht verlassen kannst? Elli hat es abbekommen. Sie hat es herausgefordert. Hätte sie dich einfach in Ruhe gelassen. Trink nicht so viel. Dusch dich mal. Sei nicht so wehleidig. Wenn du eines nicht bist, ist das wehleidig. Das hast du ihr beigebracht! Kristina muss sich erkundigt haben über dich, sonst wäre sie eingezogen bei dir. Du bist dir sicher, irgendjemand hat ihr erzählt, was du Elli angetan hast. Irgendjemand hat Kristina vor dir gewarnt. Die verschwören sich gegen dich. Du wirfst den Zigarettenstummel in die Flammen.

Der Hasenstall für Lara muss gebaut werden. Bald hat sie Geburtstag. Zwei Hasen wird sie bekommen. Kommen die Nachbarn ausgerechnet zu dir für den Hasenstall. Sie haben dir eine Menge Holz und Schrauben vorbeigebracht. Was du nicht für den Stall brauchst, darfst du behalten. Du findest, das ist ein gutes Geschäft. Du öffnest das Garagentor, damit der Staub abziehen kann, steckst die Kappsäge ein und schneidest die abgemessenen Bretter zu. Über das Geld wirst du dir morgen Gedanken machen. Du kannst hier nicht ewig sitzen und schauen.

Der Lärm der vorbeifahrenden Lastwagen hallt in der Garage. Der Wind zieht herein, und dich fröstelt ein

wenig. Die rechte Körperhälfte wird gewärmt vom Ofenfeuer, die linke bleibt kühl. Beim Tun wird dir warm werden. Ob du in einer Tischlerei Bretter auseinander- und zurechtsägst oder in deiner Garage, sollte keinen Unterschied machen. Es macht aber einen. Das Kreuz hält länger aus, dein Kopf fühlt sich leichter an. Du befürchtest keinen Blick, den du aus einer Richtung spürst. Der dich bewertet, der dich analysiert, der dich taxiert, um deine Leistung zu messen. Das Ergebnis zählt und nicht der Vorgang, die Zeit, die du dafür brauchst. Wenn du wolltest, könntest du nach jedem zurechtgesägten Brett eine rauchen, ein Bier trinken, wenn du noch Bier trinken würdest, und niemand ermahnt dich, schneller und genauer zu arbeiten. Du legst Brett um Brett an die Säge und konzentrierst dich. Folgst deinen Anzeichnungen, das Sägeblatt dreht sich durch das trockene Holz, als wäre es die Butter, die du dir heute Morgen auf die Semmel gelegt hast. Der Hasenstall für Lara soll stabil und belastbar werden. Du lieferst Qualität. Du magst Lara. Aus der Ferne. Du hast noch nie mit ihr gesprochen, du hältst dich von Kindern fern. Etwas Falsches sagen oder tun vor einem Kind wäre unsagbar schlimm. Kinderseelen sind verletzlich. Als Stefan klein war, hieltst du Abstand. Elli hat sich mehrmals beschwert. Du sahst diesen energischen Buben vor dir herlaufen und hattest furchtbare Angst, ihn zu versauen.
Vor dir dein Vater an der Werkbank. Sägt mit der Handsäge. Im Mundwinkel die Gedrehte, die Augen eng wegen dem Rauch. Gustl daneben. Witze über

dich. Aufgaben für den Bub. Da, der Besen. Du sollst das Sägemehl kehren, den Schraubenschlüssel holen, den Nagel aus dem Brett ziehen. Haha, zu schmächtig. Sie trinken Bier, du nimmst einen Schluck. Zwei Fratzen beobachten dich. Sie lachen, dann nicht mehr. Da liegen noch Späne. Habe ich dir tausendmal schon gezeigt. Sei nicht frech. Dein Vater, ein Koloss. Fährt dir mit der Pranke ins Haar. Kalter Steinboden an der Wange. Das heiße Gesicht. Ja nicht weinen.

Dünnhäutig und lächerlich bist du. Das macht das Alter. Der Vater war so. Alle Väter waren so. Entweder der Vater oder die Mutter, irgendjemand hat immer erzogen. Du siehst die versteckte Caro, wie sie dich und deinen Vater beobachtet, und du siehst die Caro von deinem Versteck aus mit ihrer Mutter. Danach habt ihr Witze gemacht darüber und euch gegenseitig gelobt für eure Verbrechen.

Du hast Abstand gehalten von Stefan. Hast ihm keine Aufgaben gegeben. Hast nicht über ihn gelacht. Du hast weggesehen, wenn er einen Fehler machte. Kinderseelen sind verletzlich. Es ist besser, nicht mit Lara zu reden, sie versteckt sich ohnehin immer hinter ihrer Mutter. Du vergleichst die zurechtgesägten Bretter. Du hast genau und richtig gemessen. Für die Rückwand fügst du die Bretter aneinander, verschraubst sie mit den Querbalken. Dabei ziehst du dir einen Span ein, du magst diesen Schmerz. Lara wohl nicht, deswegen nimmst du dir vor, die Schleifarbeiten genau auszuführen. Gebeugt über die Bretter lehnst du dich mit der Maschine dagegen, um die Schrauben einzutreiben, und du spürst das im Lendenwirbelbereich. Du kannst das Alter, den Verfall nicht aufhalten. Bist trotzdem überrascht, wie leicht dir die Arbeit fällt. Als du in der Lehre beim Metzger warst, war es dir körperlich kein Problem, die schweren Stücke mit dem Hackbeil zu bearbeiten. Es war dir kein Problem, dich über das tote Vieh zu beugen und das Fleisch zu zerteilen, dein Rücken war jung, deine Muskeln stark. Du hast den Beruf Metzger erlernt, es war die falsche Wahl. Du hattest keine Wahl, denn die Mutter kannte einen, der jemanden kannte, und dieser Mann war ein Unternehmer und hatte einen guten Betrieb, deswegen war es sehr schnell klar, dass du Metzger wirst, denn die Mutter wusste, was du brauchst und willst und gut für dich war. Als du die letzte Schraube in die Bretter treibst, fragst du dich, was aus dir geworden wäre, hättest du Tischler gelernt. Vielleicht wärst du glücklich geworden.

Es klingelt. Du schaust aus der Garage.

Deine Nachbarin Maria lugt über das schmiedeeiserne, von Ranken überwachsene Gartentor. Sie hat einen roten Schirm über Gesicht und Schultern gespannt, und ihre Nase ragt genau über das Geäst. Den Rest ihres Körpers siehst du nicht, aber er wird beige sein. Der Mantel, das Kostüm, die Strumpfhose. Du glaubst, Maria hat eine Wette mit sich selbst laufen. *Wetten, ich kann heute einkaufen, pflegen, im Garten arbeiten, ohne einen Fleck auf meiner beigen Kleidung zu produzieren.* Sie ruft deinen Namen. Sofort bist du wieder acht und fühlst dich gemaßregelt. Du grüßt zurück mit dem Heben der Hand. Du hast absolut keine Lust auf Maria. Auf Nachbarn generell hast du keine Lust, auf Maria im Speziellen. Aber alte Bande auflösen ist ein bisschen ein Problem. »Ist die Milli bei dir, Fred?«

Du deutest auf das Kätzchen in der Ecke der Garage.

»Gibst du ihr eh nicht zu viel, Fred? Sie wird dick. Wirst du die Brombeeren noch vor dem Treiben stutzen? Sie wandern sonst in meinen Garten. Und die Linde musst du heuer endlich schneiden! Das Laub fällt über den Zaun, Fred. Sonst tu ich es, ich schwöre es.«

Du nickst bei jedem Satz, tust, als würdest du tun, was immer sie verlangt. Du wirst den Teufel tun und die Linde schneiden. Die Linde ist perfekt gewachsen, dieser Baum ist dein Ein und Alles. Maria wird sich über deinen Garten, der so wächst, wie er eben wächst, immer aufregen. Es ist egal, ob du die Linde schneidest, sie wird über etwas anderes meckern. Aber du nickst. Anders bekommst du diese Frau nicht los.

»Hast du noch einen Erdäpfelsalat im Glas? Heute gibt es Schnitzel, und euer Erdäpfelsalat ist der Beste.«

Mit »euer« meint sie dich und deine Mutter, immer noch. Du bedeutest ihr mit dem Finger: einen Moment. Du lächelst dabei. Es kostet dich Kraft. Jeder Kontakt mit Menschen kostet dich Energie, und heute waren es eindeutig zu viele Menschen, mit denen du interagieren musstest. Deine Batterien leeren sich. Über den Flur gehst du in den Verschlag unter der Treppe, holst zwei von den vier Gläsern, kommst zurück. Schlüpfst

in die Gummistiefel, gehst durch den Regen an den Zaun und bietest ihr beide an. Maria bedankt sich. Der Regen tropft dir auf Haar, Gesicht und Schultern.
»Wie viel bekommst du dafür?«
Sie fragt es immer, du gibst immer dieselbe Antwort.
»Nichts, Mitzi, gar nichts. Ich habe ohnehin zu viel davon.«
»Bist du dir sicher, Fred?«
Kurz erschauerst du, eine Windbö kriecht dir ins Genick.
»Wie geht es Herbert?«
Es interessiert dich nicht, aber deine Mutter würde wollen, dass du fragst. Ungeduldig wäschst du dir die Hände im Regen, drei Tropfen schlängeln sich die Stirn herab, eine hängt in den Wimpern.
»Nicht gut. Der letzte Schub, und jetzt dieser Regen. Leicht ist es nicht, wenn es regnet.«
»Bei Regen ist es nie leicht.«
»Es war auch für deine Mutter nicht leicht bei dem Wetter.«
»Die Mutti hat das Wetter auch immer gespürt.«
»Wie geht es dir, Fred?«
Du nickst, sagst, es sei viel zu tun, und wendest dich um, als warteten Unmengen an Tätigkeiten auf dich im Hintergrund. Du tust das mit Bestimmtheit, als gäbe es sonst nichts zu erzählen, weil alles in Ordnung sei, es muss immer alles in Ordnung sein. Du holst dir eine Schaufel. Freundlich bleiben, sagte deine Mutter immer. Maria sieht dich prüfend an.
»Was willst du tun, bei diesem Regen?«

»Umgraben.« Du bestehst die Prüfung nicht.
»Bei dem Wetter kommst du nicht weit. Ruiniere dir nicht dein Kreuz.«
Sie bedankt sich für den Salat und geht, mit einem Glas in der Hand winkend, den Zaun entlang zum Nachbarhaus.
Als sie weg ist, schnaufst du durch. Fährst dir durchs Haar und überlegst, wie du auf sie gewirkt hast. Ob die Mutter mit dir zufrieden wäre. Hast du ihr in die Augen gesehen? Du hättest nachfragen sollen, ob der Herbert die Augenentzündung schon überwunden hat. Hatte sie nicht eine neue Frisur? Sie wird dem Herbert erzählen und der gesamten Nachbarschaft, du würdest sinnloses Zeug reden und in der Garage werken, anstatt Geld zu verdienen wie jeder andere auch. Sie weiß womöglich, dass du von den Steuergeldern der Nachbarn lebst. Deine Mutter hätte Maria eingeladen auf einen Kaffee, hätte einen Kuchen bereitgestellt, hätte ihr den neuesten Tratsch der Nachbarschaft erzählt, du hingegen scheiterst grandios an einem Zaungespräch. Sobald sie zu Hause ist, wird sie durch ihr Küchenfenster prüfen, ob du tatsächlich im Garten arbeitest. Du wirst das jetzt auch tun. Denn es ist dein Garten, und Regen wird dich nicht davon abhalten, das Beet umzugraben. Oft bist du froh, dass dich niemand beobachten kann in deinem Elend. Dass Stefan dich nicht besucht und Kristina nicht eingezogen ist. Das würde alles noch schlimmer machen.
Du läufst ohne Jacke hinter das Haus. Du bückst dich und rupfst mit der Hand das Gestrüpp der Erbsen, des

Unkrauts, der spröden Beerenstauden aus. Die Haut reißt es dir auf. Immerhin ist es dein Leben. In deinem Leben geht es doch vorrangig um dich, denkst du und fühlst sogleich die Blicke Marias durch das Küchenfenster mit deinem Sinn, der Blicke spüren kann. Niemand hat dir vorzuschreiben, was du wann und wie machen sollst, das entscheidest immer noch du selbst. Du spürst die Muskeln im Rücken, die kühle Luft reibt sich mit der inneren Bewegungswärme. Du stößt die Schaufel in die feste Erde. Trittst mit dem Fuß nach. Die Erde ist schwer und nass und kaum zu heben. Du stößt die Schaufel noch einmal hinein, und noch einmal und noch einmal. Das wäre doch gelacht. Du lässt dich nicht vom Regen aufhalten, auch wenn es im Regen nie leicht ist. Der Regen macht Körper anfälliger, Erde schwerer, Schmerzen intensiver, aber der Regen bestimmt nicht über dich. Du stößt die Schaufel wiederholt in die Erde und hebst ein paar klebrige Brocken heraus. Der Schweiß und der Regen sind nicht mehr zu unterscheiden auf deiner Stirn. Maria wird den Dampf sehen, den du durch die Körperhitze erzeugst. Sie wird nicht mehr davon ausgehen, dass du faul auf deiner Haut liegst. Gar in einer Hängematte. Du treibst die Schaufel in die Erde und hebst sie aus. Kurze Pause. Du wischst dir mit dem nassen Ärmel über die nasse Stirn. Lehnst dich an die Schaufel. Wendest dich um. Im Küchenfenster steht keine Maria. Du schnaufst. Der Regen macht es nicht leicht. Wem willst du etwas beweisen? Doch nicht Maria! Dir selbst? Dir selbst musst du nichts beweisen. Du ver-

handelst mit dir, und wie du da so stehst und schaust, wird dir bewusst, wie kalt der Regen, der Wind, das Wetter ist, das du auf der Haut spürst, wie kein Politiker es je tat. Du schüttelst den Kopf.
Komplett durchnässt betrittst du die Garage. Wärmst dich am Ofenfeuer. Blickst in die Flammen und schaust. Du hast Maria zwei von den letzten vier Erdäpfelsalaten im Glas geschenkt. Den Salat hättest du selbst gut brauchen können, aber ihn Maria nicht zu geben, geht nicht. Deine Mutter hat die gesamte Nachbarschaft versorgt, hat sich geehrt gefühlt, dass die Leute das Zeug essen. Nie wäre sie auf die Idee gekommen, dafür Geld anzunehmen. Dass ihr Eingelegtes den Leuten schmeckte, nährte ihren Stolz bis zuletzt, als du das Einlegen bereits übernommen hast. Die Ehre gebührte immer deiner Mutter. Du hast noch ein paar Marmeladen und Kompott, eingelegtes Gemüse und gefrorene Erbsen. Die letzten Äpfel in der Kiste, sie sind bereits mürbe, aber noch essbar. Ein paar Erdäpfel treiben schon aus, du willst sie heuer einsetzen. Wenn alle Stricke reißen, kannst du sie zur Überbrückung essen. Sobald wieder Geld im Börserl ist, kannst du dir welche kaufen, vielleicht sogar die guten alten Sorten von dem Verein, von dem du auf Servus TV gehört hast. Der *alte Sorten* bewahrt, sie günstig an Hobbygärtner abgibt, um die Vielfalt der Arten zu erhalten. Dir fällt schon lange auf, dass Erdäpfel nicht mehr nach Erdäpfeln schmecken. Der Geschmack aus deiner Kindheit ist ausgestorben. So wie Paradeiser nicht mehr nach Paradeisern schmecken, Erbsen nicht

mehr nach Erbsen, was zumindest in diesem Fall ein Glück ist. Wobei du einen Unterschied merkst: Lebensmittel aus dem Supermarkt schmecken nach Wasser. Lebensmittel aus deinem Garten haben zumindest ein eigenes Aroma. Nicht zu vergleichen mit den Erträgen von vor vierzig Jahren, als du hinaus in den Garten gelaufen bist, um deiner Mutter die Paradeiser von der Staude zu pflücken, damit sie den Salat aufpeppten. Du hast dir damals eine kleine, saftige Tomate nach der anderen in den Mund geschoben, sie schmeckten wie eine Süßigkeit. Diese Zeiten sind vorbei. Weil die Landwirtschaft zur Industrie verkommen ist und die Gärtnerei zum Labor. Eine Woche wirst du auskommen mit den Lebensmitteln und musst nur Brot kaufen. Dafür dein Erspartes heranzuziehen, ist dir überhaupt nicht recht. Du brauchst Geld. Das Geld, das dir zusteht. Also schließt du das Garagentor, Milli stürmt ängstlich durch den Spalt hinaus. Zuerst eine warme Dusche, und dann kämpfen für dein Überleben.

Die Dusche hat dich nicht aufgewärmt. Das heiße Wasser perlte an deinem ausgekühlten Körper ab wie Quecksilber. Und du bist müde. Aber du darfst nicht schlafen. Du musst kämpfen, kämpfen für dein Recht, denn niemand wird es dir schenken. Du ziehst dir eine Jogginghose, T-Shirt, Pullover und dicke Schafwollsocken an. In diesem Land musst du dich auf die Beine stellen, um zu bekommen, was dir zusteht. Du gehst hinüber ins Wohnzimmer. Schaltest deinen PC ein und hörst den Lüfter, einem Staubsauger gleich.

Als der PC hochgefahren ist und der Lüfter etwas leiser wird, drehst du den Fernseher auf. Du magst es nicht, wenn es still ist und du den Kühlschrank summen hörst. Es laufen Nachrichten, und du hörst sie im Hintergrund, während du ein Worddokument öffnest. Du könntest nun nach Jobs suchen, um deine Lage zu verbessern. Aber das bringt nichts. Du schreibst jeden Monat zehn Bewerbungen an offene Stellen, wie die Bemühungspflicht es will. Selten bekommst du eine Antwort, und wenn, dann sind es Absagen. Anfangs haben dich die Leasingfirmen noch zu einem Bewerbungsgespräch eingeladen. Hinter deinem tristen Bewerbungsfoto auf dem lückenhaften Lebenslauf könnte ein unsteter, aber fleißiger Arbeiter stecken. Die Jobs, die sie dir anboten, um mal »hineinzuschnuppern in das Arbeitsfeld«, waren allerhand Hilfsarbeiterjobs, bei denen du scheiße viel Arbeit hast, die auf den Rücken geht und die Gelenke, aber kaum Zaster abwerfen. Du bist doch nicht blöd und arbeitest für neun Euro netto die Stunde, um Pakete von A nach B zu schupfen. Die paar Hunderter im Monat mehr brauchst du nicht, wenn sie ohnehin in die Reparatur deiner Gelenke und des Rückens fließen.

Du musst anders an dein Geld kommen. Und du weißt auch wie: Du schreibst einen salzigen Beschwerdebrief an die Behörde.

5
Maria Hörmannseder
Aufzeichnung vom 9. Mai 2019

Kommen S' herein! Herbert, der Besuch ist da! Ach, der hört nichts. Bitte gehen S' ins Wohnzimmer, da nach links.
Danke! Meine Tochter beschwert sich zwar ständig, ich hätte einen Putzzwang, aber ich fühle mich, wenn die Oberflächen blitzen, am wohlsten. Der Herbert ist nicht dabei, nein. Wissen S', er hat Demenz. Ja, ist nicht leicht. Jaja, der schaut jetzt in der Stube die Brieflos-Show, die gefällt ihm. Er war ein blitzgescheiter und gesunder Mann, fleißig war er, ein sehr fleißiger Mann. Am Ende kommt es, wie es kommt. Ich würde mich auf das Sofa setzen. Ja, ein schönes Stück, echtes Leder, ich habe es gut gepflegt. Kann ich Ihnen beim Aufbauen helfen? Wollen S' einen Kaffee? Mach ich Ihnen gerne. Eine Cremeschnitte habe ich auch gemacht. Meine Spezialität. So locker bekommt die niemand hin!
Oh! Wir haben die Goldene hinter uns. Können Sie sich das vorstellen? Heutzutage lassen sich die Leute alle scheiden. Die Jungen können sich das gar nicht vorstellen, ein ganzes Leben lang zusammenzubleiben.
Da bitte sehr, der Kaffee. Milch und Zucker, bittschön. Das Schnittchen, bedienen Sie sich! Warten Sie, hier, die Serviette. Warten Sie, ich hebe das auf. Soll ich Ihnen einen großen Teller holen? Sie sind schon fertig

mit Aufbauen? Das ging aber schnell. Ich muss mich noch kurz herrichten, die Steckfrisur kontrollieren, warten S', ich komme gleich.

...

Brauchst du noch etwas, Herbert? Ach, der hört nichts. Ganz vertieft in die Show. Er mag es, wenn der Hauptpreis gewonnen wird. Drücken wir ihm die Daumen, dass er sich heute freuen kann.

Was soll ich Ihnen erzählen? Oh, das ist aber hell, dieses Licht. Wird schon gehen. Wer schön sein will, muss leiden, gell! Also Manfred, was für ein Mensch er ist. Was er für ein Leben geführt hat? Dass Sie da eine Sendung machen, das wundert mich. Eine Heldentat war das nicht. Aber das Publikum liebt wohl diese kleinen Sensationen. Gescheiter wäre es, sie würden eine Reportage über den Herbert drehen. Immer rechtschaffen, immer fleißig, so was gehört gewürdigt. Aber so ist das heutzutage eben, die Dummen werden im Fernsehen gezeigt.

Manfred Gruber ist mein Nachbar. Eine heruntergekommene Gestalt. Das Leben, er selbst hat sich übel mitgespielt. Wir haben uns entfremdet, wir reden kaum noch miteinander, er ist ein griesgrämiger Mensch geworden, der nichts auf andere gibt, immer nur an sich selbst denkt und dem es egal ist, was die Gesellschaft von ihm verlangt. Ein Querulant sondergleichen.

Wie bitte? Ist in Ordnung, ich beginne am Anfang: Mit ein paar Jahren Unterbrechung lebt er eigentlich immer schon neben uns. Johanna und Franz haben zur selben Zeit das Haus gebaut wie wir. Damals war das noch ein schönes Fleckchen Erde. Uns ist versprochen worden vom Bürgermeister Herzog damals, dass wir hier eine Volksschule bekommen werden und ein Gemeindezentrum. Das Feld da drüben hätte in Bauland umgewidmet werden sollen und das nebenan zur Gewerbefläche, dann hätten wir einen Friseur und ein Lebensmittelgeschäft in der Nähe gehabt. Auch die Umfahrung hat er nicht gebaut, dieser Nichtsnutz. Leere Versprechungen. Ich könnte mich heute noch grün und blau ärgern. Gebaut haben wir vor gut fünfundfünfzig Jahren. Da war der Manfred an die ein, zwei Jahre alt. Johanna war damals eine der älteren Mütter. Hat ihn bekommen, da war sie fünfunddreißig Jahre alt, nageln Sie mich nicht fest, älter als andere Mütter jedenfalls. Ich war zwanzig, als wir eingezogen sind, Herbert vierundzwanzig. Ich war gerade schwanger mit Caroline. Ausgezogen ist der Manfred, glaube ich, mit Lehrende. Wie man das damals eben machte. Die Jungen heutzutage verlassen das Elternhaus nicht mehr. Angeblich ist es für Junge schwierig geworden, eine Wohnung zu finanzieren. Aber wir hatten es damals auch nicht leicht, das muss ich schon sagen! Wenn man will, dann schafft man das. Es scheint eher am Willen zu fehlen bei den Jungen heutzutage. Ich sag nur, die Faulheit greift um sich. Caroline war auch weg mit dem achtzehnten Geburtstag, Klaus blieb bis nach dem Studium. Die Sissi ist auch früh gegangen. Die hat sich verliebt mit einundzwanzig, da ist sie zu ihrem damaligen Freund gezogen, ich

weiß gar nicht mehr, wie der hieß. Ein Ungustl. Sissi hatte immer Pech. Die Sissi hatte immer die falschen Männer, ich weiß auch nicht wieso. Entschuldigen S' bitte, ich brauche ein Taschentuch ... Sissi ist schon lange tot ... Sie hatte kein leichtes Leben ... Krebs ... mit fünfundzwanzig tot ... es trifft immer die Falschen ... Entschuldigen S' bitte ... ich beruhige mich kurz.
Der Manfred ist ausgezogen mit achtzehn, neunzehn vielleicht, nach der Lehrzeit. Metzger hat er gelernt, beim Granditz, dann ist er ausgezogen, und als Johanna ihm nicht mehr im Genick gesessen ist, hat es angefangen.
Franz, Manfreds Vater, hatte sie schon ein paar Jahre zuvor rausgeschmissen. Das war ein unguter Mann. Was wir damals an Scherereien ertragen mussten als direkte Nachbarn, das können Sie sich heute gar nicht vorstellen. Da würde heute das Jugendamt vor der Tür stehen, so schnell können S' gar nicht schauen. Der Manfred hat schon was mitmachen müssen. Oft hat er sich bei uns versteckt. Caroline hat sich gut mit ihm verstanden. Als Eltern tust du dich schwer, einerseits willst du deinen Kindern den Kontakt nicht verbieten, andererseits weißt du nicht genau, was in dem Haushalt dort passiert. Was dein Kind mitbekommt, oder was es selbst erleiden muss. Wir hatten damals einen Fernseher, bei den Grubers gab es keinen, mir war es recht, die Kinder waren häufig bei uns. Als der Manfred ungefähr zehn Jahre alt war und Caroline acht, hat Johanna den Franz rausgeworfen. Aber der wollte das nicht hinnehmen. Hat ihr aufgelauert,

hat sie verfolgt, noch weit über die Trennung hinaus, hat den Buben belästigt auf dem Schulweg. Immer betrunken. Ein grauslicher Mensch. Hat sich irgendwann umgebracht, ein paar Jahre später. Ein Sünder sondergleichen. Der Manfred kommt nach ihm, damals wussten wir das noch nicht. Johanna kam in der schweren Zeit oft zu uns. Hat sich ausgeweint, hat Schutz gesucht, wenn er wieder betrunken vor der Tür stand und randalierte. Die Kinder sind dann vor dem Fernseher gesessen, um sich abzulenken, und Johanna bei mir in der Küche bei einem Tee und hat geheult wie ein Schlosshund. Ich habe natürlich geholfen. Aber, wie soll ich sagen, man hat auch andere Dinge zu tun. Man denkt sich, hättest du dir den Mann nicht genommen, wenn du nicht umgehen kannst mit dem. Wenn Herbert da war, hat er versucht, den Franz zu beruhigen. Ein paarmal hat er es geschafft, hat ihn zum Wirt mitgenommen, und sie haben ein Bier miteinander getrunken. Herbert hat dann erzählt, dass Franz beim Wirten genauso geheult hat wie Johanna bei mir. Oft war ich böse. Selten hatten wir abends Familienzeit, der Herbert hat viel gearbeitet, viel zu viel, er musste uns durchbringen. Und dann ist bei den Grubers wieder etwas passiert. Der Herbert war ein herzensguter Mensch.
Mitzi!
Was ist denn, Herbert?
Mitzi!
Schatz, brauchst du etwas?
Mitzi!

Warten S', ich geh kurz nachsehen.
Mitzi!
Mitzi!
...
Er hatte nur Durst. Herbert hat viel gearbeitet, er musste drei Kinder ernähren und mich. Das waren noch andere Zeiten damals. Da blieb die Frau zu Hause, um sich um die Kinder zu kümmern, und der Mann hat die gesamte Familie erhalten. Der Manfred ist ausgezogen mit achtzehn, neunzehn Jahren und die Caro bald darauf. Caroline ist mit ihrem jetzigen Mann nach Wien gezogen, um zu studieren. Das war schwierig für uns damals. Zusammenziehen ohne Heirat, aber sie hat sich das so in den Kopf gesetzt, und wenn sich die Caro etwas in den Kopf setzt, dann zieht sie das durch. Sie ist Rechtsanwältin geworden. Ihr Mann auch. Haben ein viel größeres Haus als wir, aber keine Kinder. Ein kaltes Haus. Eines ohne Deko. Caroline ist aufgeblüht in ihrem Beruf, sie ist mit Leib und Seele Anwältin. Hat immer brav gelernt, ich war aber auch dahinter. Ich hab geschaut, dass aus meinen Kindern was wird. Gleich nach der Schule wurden die Hausaufgaben gemacht, und dann gab es noch eine Stunde Lernzeit. Jeden Tag! Und bei Schularbeiten zwei, drei Stunden mehr. Bei einer schlechten Note gab es eine deftige Strafe. Hat gewirkt, bei allen Kindern, Klaus ist Gymnasiallehrer geworden. Es sind ehrbare Leute geworden. Schade finde ich es schon, dass Caro mir keine Enkelkinder geschenkt hat. Wieso sie keine Kinder bekommen hat? Irgendwann hat sie

dem Herbert einmal vorgeworfen, er habe als Vater versagt. Habe seine Kinder einer rachsüchtigen, hysterischen, zwänglerischen Mutter ausgeliefert und sei weggeblieben. Caro war immer ein bisschen empfindlich. Wenn Klaus eine Ameise zerdrückt hat, hat sie geheult, als wäre das Ungeziefer ein Mensch gewesen. Den Kindern war Herbert immer ein Vorbild. Er hat Überstunde um Überstunde gemacht, hat geschuftet sein Leben lang. In der Pension machte sich früh die Krankheit bemerkbar ... entschuldigen S' ... das war eine schwere Zeit. Aber wir machen es uns schön. Ich sorge für ihn. Ich habe ja sonst nichts zu tun. Gerne wäre ich Großmutter geworden.

Entschuldigen S', ich weiß, ich schweife ab. Sie können das dann herausschneiden, oder? So macht es zumindest Klaus bei seinen Urlaubsvideos, aber ich muss sagen, ich kenne mich bei dem technischen Zeug nicht aus. Ja, der reist sehr viel, der war schon überall. Hat den richtigen Beruf dafür. Jeden Sommer unterwegs, heuer wird er in die USA reisen.

Nach dem Auszug hat der Manfred, sagen wir es so: sein Leben genossen. Er ist ein bisserl auf die schiefe Bahn geraten. War dauernd auf Tour mit seinen Freunden, hat die Nacht zum Tag gemacht, war auf Konzerten, in Kneipen, bei Freunden, es waren wilde Jahre. Ich glaube, er hat da Drogen ausprobiert. Die Caro hatte damals noch mit ihm Kontakt und hat das angedeutet. Johanna hätte mir nie etwas davon erzählt. Sie hat sich geschämt für ihn. Er hatte gekündigt beim Granditz, hat sich Zeit gelassen mit etwas

Neuem, hat dann in der Fleischindustrie begonnen, hat ihm nicht gepasst, dann auf dem Bau angeheuert. Ich kann ja verstehen, dass man als junger Mensch Blödsinn macht, aber ich hab nicht verstanden, dass er den Beruf aufgibt und als ungelernter Arbeiter auf den Bau geht. Das hätten meine Kinder nicht gedurft, die haben damals studiert. Ich habe ein striktes Regime geführt, bei uns herrschte Ordnung. Elli hat Manfred auf einem Konzert, glaube ich, kennengelernt. Die ist ziemlich schnell schwanger geworden. Johanna hat geflucht über Elli. Sie hat sie dargestellt wie den Teufel. Ich habe sie gemocht. Die hat gewusst, was sie will. Hat mich an mich selbst erinnert. Johanna hat ihr für alles die Schuld gegeben. Dass er auf der Baustelle arbeitet, dass er genauso viel säuft wie sein Vater. Aber das hat er schon vor Elli. Elli war daran sicher nicht schuld. Die Elli hat eher dafür gesorgt, dass er sich zusammengerissen hat, schwanger hat sie ihn sich an die Brust genommen. Er müsse nun Verantwortung übernehmen als Vater. Elli bestand auf eine Hochzeit, er heiratete sie. Wir waren eingeladen, es war ein sehr schöner Tag, der Manfred war glücklich, das sah man ihm an. Johanna war nicht glücklich. Die Johanna hat Elli einfach nicht gemocht. Er ist dann ein paar Jahre am Bau gewesen, da kann man ganz gutes Geld verdienen. In diesen Jahren war er brav, sie haben ein Haus gebaut am anderen Ende der Stadt, Stefan hat sich gut entwickelt, ein entzückendes Kind, etwas schüchtern, sehr lieb, sehr brav. Wie der Manfred, als er klein gewesen ist. Wer weiß, wie es tatsächlich war. Man kann ja nicht hineinschauen in die Familien. Elli hat schon ein paar Dinge angedeutet… Johanna würde nicht wollen, dass ich das erzähle. Das waren Gerüchte. Dass er seinem Vater ähnlich gewesen sein muss. Aber was die Frauen alles erzählen, um ihr Gesicht zu wahren. Elli hatte es sicher faustdick hinter den Ohren. Sie wollte Mutter sein und nichts anderes. Das verstehe ich. Ich verstehe sie besser als Caroline, die keine Kinder bekommen hat. Ich hätte auch nicht gewusst, wie ich das schaffen soll mit drei Kindern, hätte ich arbeiten müssen. Damals waren die Zeiten anders, man konnte eine ganze Familie von einem Einkommen ernähren. Johanna hingegen hat es nicht verstanden, sie hat Elli zur Arbeit gedrängt. Johanna hat auch immer geschuftet, trotz Manfred, für den Manfred. Der Franz hat ihr gar nicht geholfen, hat ihr nichts gezahlt. Sie musste arbeiten, und das hat sie, sie hat geputzt und Kinder gehütet und in einem Wirtshaus gekocht und gekellnert. Zwei, drei Stellen hatte sie immer nebeneinander. Sie hat sich das Haus ganz allein erhalten, und das in den Siebzigern! Ich glaube, den Krieg zu durchleben hat sie stark gemacht. Ich habe derweilen auf den Manfred geschaut, zumindest wenn ich die Nerven aufbringen konnte. Klaus und Manfred waren sich spinnefeind. Die konnten nicht miteinander, haben dauernd gestritten. Und ab einem gewissen Alter habe ich Manfred und Caro nicht mehr unbeobachtet gelassen, man weiß ja nie. Johanna hat den Manfred oft allein zu Hause gelassen. Man sieht ja, was sie davon hatte. Sie war nie zu Hause, und der

Manfred hat sich nicht unbedingt zum Vorzeigemann entwickelt.
Als der Manfred den Unfall hatte, war das der Anfang vom Ende. Er fuhr mit dem Traktor auf der Bundesstraße, und ein Auto krachte ihm hinten rein. Weiß kein Mensch, wie das zuging, dass der andere einen Traktor übersehen konnte. Er hat ein paar Knochenbrüche davongetragen, eine Gehirnerschütterung, und er hat sich meiner Meinung nach nie wieder davon erholt. Es gibt Unfälle, bei denen danach körperlich alles wieder in Ordnung ist, aber der Geist einen Schaden davonträgt. Beim Manfred, da bin ich mir sicher, war das so. Körperlich ist er fit, aber sein Hirn redet ihm ein, er sei krank. Es war, als würde sein Vater von ihm Besitz ergreifen. Elli hat da einiges an Gerüchten in die Welt gesetzt. Ich will nicht darüber reden. Ich will Johannas Erbe nicht beschmutzen. Elli hat es mit dem Manfred nicht mehr ausgehalten. Sie hat ihn verlassen, das war ungefähr ein Jahr nach dem Unfall. Manfred hat genauso reagiert wie sein Vater. Hat ihr aufgelauert und sie verfolgt und auch Stefan aufgelauert, und wenn Johanna oder ich ihn darauf angesprochen haben, hat er sich ein Bier aus der Garage geholt und sich vor den Fernseher gesetzt. Wenn er dann einen Rausch hatte, ist er wieder zu Elli und so weiter.
Manfred ist damals wieder zu Johanna gezogen. Die haben bis zu ihrem Lebensende dort gemeinsam gewohnt. Manfred hat einen Neustart versucht. Auf dem Bau konnte er nicht mehr arbeiten wegen des

Unfalls, also hat er versucht, sich selbstständig zu machen. Mit Entrümpelungen und Umzugshilfe. Hat sich einen kleinen LKW, oder wie nennt man so etwas, gekauft und ein paar Leute angeheuert. Warum er gescheitert ist, weiß ich nicht. Er hat viele Helfer gebraucht, konnte ja selbst nicht mehr schwer tragen. Eine Schnapsidee, mit Schleppen Geld verdienen zu wollen, wenn du nicht mehr schleppen kannst. Er hat Elli die Schuld für die Pleite gegeben, an allem war Elli schuld. Das Haus haben sie verkauft, hat für den offenen Kredit gerade so gereicht. Um Stefan hat Manfred sich gar nicht gekümmert. Vielleicht wollte Elli das nicht, ich traue es ihr zu. Ich weiß nicht, ob er gezahlt hat. Sie hat dann einen wohlhabenden Unternehmer geheiratet und noch ein Kind bekommen, sie war versorgt.

Den Manfred hat sich Herbert einmal zur Brust genommen. Das muss kurz nach seinem Pensionsantritt gewesen sein, kurz vor der Diagnose. Herbert meinte, ihm fehle eine Vaterfigur. Jemand müsse ihn für das Leben motivieren, für die Liebe, die irgendwo auf ihn wartet, für die Lust und die Natur. Herbert hat ihn mitgenommen auf einen Berg. Sie sind gewandert, und Manfred hat gejammert. Auf der Hütte hat Herbert ein Bier getrunken und Manfred vier. Und als sie wieder abgestiegen sind, hat Manfred gemeint, eigentlich könne er gleich runterhüpfen, es habe keinen Sinn, am Leben zu bleiben. Herbert meinte, er habe das nur so dahingesagt. Manfred hätte keinem gefehlt, außer seiner Mutter. Habe ich das wirklich gesagt? Das müssen S' rausschneiden bitte. Herbert fehlt uns, mir, Klaus, Caro und Herberts Freunden, die kommen aber auch nicht mehr so häufig zu Besuch wie früher. Ein bisschen einsam bin ich schon. Caro wohnt in Wien und ist selten zu Besuch. Klaus wohnt zwar hier, hat aber kaum Zeit. Wie der Herbert damals arbeitet er sehr viel. Herbert hat ein Leben lang geschuftet, was hat es ihm gebracht: nichts. Mir hat es was gebracht. Den Kindern. Ich kann von seiner Pension und vom Pflegegeld gut wirtschaften. Ich spare sehr viel. Ich brauche ja nichts. Kann ja nicht in den Urlaub fahren wie andere Pensionisten das tun. Wir bleiben zu Hause. Allein bei Fremden lassen will ich ihn nicht. Wenn sich später meine Kinder nicht um mich kümmern, kann ich mir wenigstens ein schönes Zimmer leisten. Manfred vegetiert seit Jahren in dem Haus nebenan und liegt der Gemeinschaft auf der Tasche. Es ist ungerecht und lässt mich am Herrgott zweifeln. Wir sind und waren immer rechtschaffende Leute. Aber erst nimmt ER mir die Sissi und dann den Herbert.

Nun ja, ich bin froh, dass Johanna schon unter der Erde liegt. Dass der Manfred so etwas machen würde, das hätte niemand erwartet. Nach Johannas Tod hat er sich noch mehr zurückgezogen. Kurz hatte ich Hoffnung, als diese Kristina aufgetaucht ist. Die hat zwar auch nicht alle Tassen im Schrank, aber ich hätte es ihnen gegönnt. Als sie ein paar Nächte bei ihm verbracht hat, habe ich den Behörden das erzählt. Ich dachte, sie wären ein Paar, dann wirtschafteten sie sicher auch gemeinsam. Als Lebensgemeinschaft stehst du doch füreinander ein! Gemeinsam spart man sich doch einiges an Kosten, sie hätte keine Miete mehr zahlen müssen, dann kann das Land ihr natürlich auch weniger Geld geben. Schließlich leben die vom Steuergeld vom Herbert und meinen Kindern, das ist doch nicht gerecht. Die einen arbeiten, haben keine Zeit für die Familie oder Kinder überhaupt zu bekommen, und die anderen machen sich einen Lenz. Er hat seine Mutter liebevoll gepflegt, er hat durchgehalten. Das muss man ihm schon zugutehalten, Johanna ist ein richtig böses Weib geworden. Manfred und ich, wir haben in den letzten Jahren nicht viel miteinander zu tun gehabt. Manchmal führen wir Zaungespräche, aber er will eigentlich nicht. Ich frage ihn, wie es ihm geht, er antwortet nur: Gut, gut. Viel Arbeit. Viel zu tun. Geht oft frühmorgens aus dem Haus, kommt mittags oder nachmittags wieder heim. Ich denke, er tut, als würde er zur Arbeit gehen. Es weiß jeder hier, dass er arbeitslos ist. Er tut trotzdem, als ob. Er tut mir nicht mehr leid. Er selbst hat Schuld an seiner Lage, niemand anderer, egal wie er sich die Welt zurechtbiegt. Er hätte sich mehr bemühen müssen. Er hätte Herbert gebraucht, aber der wurde krank. Wir alle hätten Herbert gebraucht. Nun braucht er mich.

6
Beschwerde

Montag, der 8. April 2019

Sehr geehrte Verwaltungskraft,
sehr geehrte Kollegenschaft der Sozialabteilung!

Ich wende mich bezüglich des ausstehenden Bescheides für meine Wenigkeit, Manfred Gruber (Daten siehe unten), an Sie. Ich habe den Wiederantrag auf Sozialhilfe sechs Wochen vor Ablauf des Gewährungszeitraums des vorherigen von sechs Monaten eingebracht und habe bis heute keinen Bescheid erhalten. Meine Recherche ergibt, dass der Behörde 3 Monate (!) Frist zugestanden wird, um einen Bescheid zu erlassen. Ist Ihnen klar, in welch finanzielles Desaster Sie die Antragstellenden bringen, wenn Sie sich derart Zeit lassen, einen einfachen Antrag zu beantworten? Vor allem, weil sich meine persönliche Situation in den letzten Monaten nicht geändert hat, gehe ich davon aus, dass eine schnelle Beantwortung möglich wäre!

- Sie haben alle geforderten Unterlagen von mir.
- Ich habe meine Bemühungspflicht ordnungsgemäß erfüllt. (Zehn schriftliche Bewerbungen im Monat, Termine beim AMS eingehalten.)
- Bewerbungskurse und Arbeitstrainings habe ich

ebenso absolviert (das Arbeitstraining konnte aus gesundheitlichen Gründen nicht fortgesetzt werden).

Die Kurse und Trainings sind sinnlose Unterfangen, die den Steuerzahler weit mehr kosten als die läppischen 760 (siebenhundertsechzig!) Euro, die ich im Monat vom Land bekomme! Ich möchte nicht weiter auf die Ungerechtigkeit eingehen, die ich Ihnen bereits in einem früheren Brief erläutert habe: Durch den Besitz des Eigenheims reduziert sich mein »Wohnbedarf« laut Ihren Berechnungen. Denken Sie nicht, dass auch ein Haus EINIGES an Kosten verursacht? Wie soll eine alleinstehende Person sich von 760 Euro monatlich (Stand März 2019) Betriebskosten, Lebensmittel, Heizkosten, Mobilität und Kommunikation leisten?
Im Internet habe ich recherchiert, dass Sie mir die laufenden Zahlungen per Mandatsbescheid gewähren können, und ICH VERLANGE, DASS SIE DIES ZEITNAH IN DIE WEGE LEITEN!
Außerdem hat die neue Verwaltungskraft, deren Namen ich noch nicht kenne, sich dazu herabgelassen, mir folgende Information bei einem Besuch in der Behörde zukommen zu lassen: Es werden weitere Auflagen innerhalb der Bemühungspflicht geprüft. Welche sollen das bitte sein? Ich beziehe seit rund fünf Jahren Sozialhilfe. Ich habe meine Mutter bis zu ihrem Tod vor drei Jahren gepflegt. Ich frage Sie: In diesen drei Jahren habe ich keinen Job gefunden, WAS SOLL

ICH IHRER MEINUNG NACH NOCH VERANSTALTEN, UM AUS DIESER LAGE HERAUSZUKOMMEN? Die Arbeitsfähigkeitsuntersuchung vor zwei Jahren ergab einen möglichen Einsatz meiner Arbeitskraft als Portier und Bürobote. Das ist doch eine Farce! Glauben Sie allen Ernstes, solche Jobs existierten noch? Seit meinem Unfall vor mehreren Jahren habe ich Konzentrationsschwierigkeiten und Schmerzen. Es ist mir nicht möglich, einen körperlich und/oder geistig herausfordernden Job anzunehmen. Das habe ich der Pensionsversicherungsanstalt auch so mitgeteilt. Es ist nicht meine Schuld, wenn die Arbeitsfähigkeitsuntersuchung diese Umstände nicht anerkennt, die Arbeitgeber stellen mich ja trotzdem nicht ein! Ich sollte in Pension gehen, denn ich kann meinen Beruf nicht mehr ausüben. Niemand stellt einen Metzger ein, der sich nicht mehr rühren kann und Jahre berufsfremd gearbeitet hat. Sie, die die Armut in diesem Bezirk verwalten, haben eine gewisse FÜRSORGEPFLICHT gegenüber den Antragstellern! Ich gehe davon aus, dass die »Flut an Anträgen« wohl etwas mit der angespannten Arbeitssituation im Bezirk zu tun hat und nicht mit den arbeitssuchenden Personen! Es wird wohl einer Ihrer perfiden Tricks sein, die Bearbeitung der Anträge in die Länge zu ziehen, um die Arbeitssuchenden unter Druck zu setzen! Damit sie jeden schlecht bezahlten Job annehmen, der ihnen angeboten wird, weil sie die gesetzliche PFLICHT einerseits und den FINANZIELLEN DRUCK andererseits haben! Das ist pervers!

Schämen Sie sich! Ich verlange die zeitgerechte Beantwortung durch einen Bescheid! Ich habe mir nichts zuschulden kommen lassen!

Mit wenig freundlichen Grüßen
Manfred Gruber

7
Du

Du spürst den wohlwollenden Blick deiner Mutter. So darf man mit dir nicht umspringen, das hast du deutlich gemacht. Jetzt kannst du Feierabend machen. Du blickst auf die Uhr, zwei Stunden bist du an diesem Brief gesessen. Da steckt Mühe drin. Er wird nicht einfach abgetan werden können. Du öffnest das E-Mail-Programm, suchst die Adresse der Behörde, einzelner Verwaltungskräfte und die Adresse vom Herzog junior II heraus. Fügst den Text mit Copy and Paste aus dem Worddokument in die E-Mail ein und drückst auf Senden.

Schließlich muss man gegen diese Ungerechtigkeit aufbegehren. Man kann nicht alles mit sich machen lassen. Du schaltest den PC aus. Dir ist immer noch kalt. Gehst in die Garage und siehst nach dem Feuer, es glimmt nur noch die Glut der zwei Scheite. Du schließt die Ofentür. Hier wäre es wärmer als im Wohnzimmer. Aber du bist müde. Dir ist kalt. Du kannst nun Feierabend machen, denkst du und überlegst, ob du die Heizung einschalten sollst. Aber es ist bereits April, und du wirst einen Teufel tun, im April zu heizen. Im April erfriert man nicht mehr. Du holst dir noch eine Scheibe Brot und einen Erdäpfelsalat im Glas. Setzt dich vor den Fernseher, legst die Tagesdecke über deine Knie. Du bist wirklich müde. Deine Mutter tätschelt dir den Kopf. *Hier musst du rein.* Mit dem Zeigefinger deutet sie zitternd auf ein eisernes Tor, es öffnet sich mit einem Knarren. Einen Spalt steht es offen, Mutter sagt: *Hier musst du rein. Dort drinnen wird dein Leben sein.* Und du wanderst auf das Tor zu mit in Stoff gewickeltem Messerbesteck, du hast keine Wahl. Sie steht hinter dir und winkt. Winkt zeitverzögert, es ist ein Abschied für immer, du beginnst deine Reise als Kind und kehrst ein in die Fabrik als Erwachsener. Es gibt nur einen Weg, und er führt ans Tor, durchs Tor hinein. Du spürst den strengen Blick der Mutter im Rücken, sie wacht über deinen steten Gang, die Richtung, *wasch dir die Hände*, ruft sie dir hinterher. Am Tor ein Wetzstein, ein Mann schärft das Besteck, du tust es ihm gleich. Holst eine Klinge aus dem Stoff und schärfst sie an dem Stein, die Klinge blitzt in einer Sonne, die du nicht auf der Haut fühlst. Die grau sich über dir wölbt, ohne zu wärmen. Du hast die Grippe. Das war abzusehen, nachdem du ohne Regenschutz in der Kälte das Beet umgegraben hast. Du hast deinem Körper mehr zugetraut, als er verträgt, und hast dafür die Rechnung kassiert. Die Fieberträume schicken dich in die Fabrik. Der Metzger, bei dem du in der Lehre warst, hat am Tor auf dich gewartet und dich angebrüllt. *Von nichts kommt nichts*, hat er immer wieder gerufen und dich mit einem Stock angetrieben. Du hast bei ihm in einer kleinen Fleischerei begonnen. Doch wiedergefunden hast du dich in der Fabrik, in der du später gearbeitet hast. Die Fleischlust der Menschen. Du versorgst sie, du stillst ihren Blutdurst, *ein ehrwürdiges Gewerbe*, sagt die

Mutter. Du stehst vor den Nirosta-Tischen, das Messer in der Hand, alles blitzblank. Bis das erste Schwein hereingezogen wird und du hineinstichst. Du stehst in der Lache voller Blut und schneidest, schlitzt den Bauch auf, es ist Knochenarbeit, die Gedärme fallen in den Eimer. Das Herz, die Lunge, die Leber herausgeschnitten. Du riechst das Fleisch. Blutrote Rinnsale am Fliesenboden. Am Dienstagmorgen bist du mit Fieber und Gliederschmerzen aufgewacht. Du hast dich auf die Toilette geschleppt und dich gleich wieder ins Bett gelegt. *Woher kommen diese Schmerzen*, hast du in die von deinem Schweiß durchtränkte Decke gemurmelt und dich auf die Seite gerollt. Ein Knall, Bierflasche an der Hauswand, Lenkrad an der Stirn, Kugel im Kopf. Du ringst um Luft, es ist zu heiß, um zu atmen, die Kälte ist ein Korsett und schnürt den Brustkorb ein. Hol mich hier raus, Mutti. Den halben Tag hast du verschlafen, hast in der Fleischfabrik mit dem Messer deine Arbeit verrichtet, hast am Ende des Tages ein paar Schilling in die Hand gedrückt bekommen und einen Lungenbraten. Den hast du deiner Mutter wie ein Opfer dargebracht, du hast vor ihr gekniet. Und sie hat deinen Kopf getätschelt und dich gelobt. *Braver Junge.* Hat ihn in den Ofen gesteckt und Erdäpfel dazu geschnitten, hat dir den Braten aufgetischt, und ihr habt schweigend gegessen. Den halben Tag hast du verschlafen, dann hast du dir einen Lindenblütentee gekocht. Die Lindenblüten trocknest du dir jedes Jahr selbst. Du hattest keine Zitronen, aber noch ein wenig Honig. Als du den Honig aus dem

Glas geschabt hast, war er blutrot. Der Tee roch nach Eisen und süßlich wie die Schweine. Du fuhrst dir durchs Haar und spürtest Borsten und raue, porige Haut, so kalt, dass es deine Haut verbrannte. Du hast am Mittwoch nichts gegessen, dir war übel. Du hast am Donnerstag ein Fest gegeben. Stefan auf der Schaukel und Annegret mit dem Baby im Arm, sie taucht ihn an. Happy Birthday. Und Josef bewundert das Haus, saubere Arbeit ... alles selber ... die Wichser haben nicht ... Frechheit ... da oben muss noch ... schau dir das an ... hier und da muss noch eine Steckdose. In der Garage stoßt ihr mit Bier an, Elli ruft nach dir. Elli ruft immer nach dir, du hörst ihren gellenden Ruf im Kopf, Fred! Manfred! Der Fleischgeruch ging dir nicht aus der Nase. Fast hättest du die Heizung angestellt. Du hast dich dagegen entschieden, denn gegen Fieberkälte hilft keine Heizung. Fieberkälte kommt von innen, egal wie warm der Raum ist, sie ist nicht zu beseitigen. Ellis Ruf lässt dich kalt. Ist das zu viel verlangt, ein Bier, nur ein Bier will ich in Ruhe trinken mit dem Josef. Stefan ruft, Stefan ruft nach Elli. Niemand ruft nach dir außer Elli. Elli lässt dich nicht in Ruh, ihr Ruf hallt in deinem Kopf, ihr Ruf hallt im Wohnzimmer, Milli kratzt an der Terrassentür. In der Fabrik war es immer kalt. Das Besteck war kalt, die silbernen Tische, der Fliesenboden, das Blut in Rinnsalen, der Eimer, die Haken, das Licht. Unter der heißen Dusche entfaltet sich der Eisengeruch. Feierabend, ein Bier, das Gesicht Ellis. Elli, die wunderschöne Elli, die rotzfreche Elli, die Kämpferin. Ihr Lachen, ihr Mut, ihr schwarzes Haar zwischen deinen Fingern und der Geruch nach Blüten. Nach Gras. Ein Schluck Bier. Getrübter Blick, Schlaf in den Augen, ein Joint, eine Gitarre … *Die arbeitet nichts, lässt sich aushalten! Wirst sehen, die ist dein Untergang!* Du hast dir die alten Decken aus dem Zimmer deiner Mutter geholt und dich im Wohnzimmer eingewickelt. Halbtot hast du ferngesehen, Milli hat an der Terrassentür gekratzt, du hast sie nicht hereingelassen. Elli ruft ständig nach dir. Sie will irgendetwas von dir, du brauchst Ruhe. Einmal nur willst du Ruhe vom Gebrauchtwerden. Ihr weißes Fell ist schmutzig und zerzaust, dir ist es egal, soll sie rufen, soll sie verlangen. Irgendwann wirst du auf dem Sofa eingeschlafen sein und irgendwann wieder erwacht. Mal war es dunkel, mal hell, der Fernseher hatte sich ausgeschaltet oder läuft noch, das ging so bis Freitag. Jeden Tag gingst du in die Fabrik, und jeden Abend kamst du nach Hause. Elli legt eine Scheibe auf. Elli heult. Elli unter der Dusche. Elli tanzt und summt. Sie summt wie ein Kühlschrank. Immer derselbe Ton. Du hast die Bierflasche nach ihr geworfen. Jetzt heult sie und kriegt sich nicht mehr ein. Stefan schaut auf die Scherben. Stefan schaut dich an, dieser Blick. Ein Knall, dir fehlt die Luft, du hustest, Schleim steckt, du klopfst dir auf die Brust, der Schweiß treibt, du hustest, du grollst, du holst den Schleim rauf, hustest. Du schnappst nach Luft, Scheiße, jetzt ist's …, die Lunge krampft, du kannst nicht atmen, du erstickst, es tut weh, Scheiße, einatmen, husten, einatmen. Noch mal gut gegangen.

Leider. Du wärst weg gewesen. Das wäre ein Glück gewesen. Du willst den Blick aus dir herausschleudern, diesen Blick von Stefan neben der Hauswand, an der das Bier zerschellt ist. Der ist wahnsinnig geworden, jault Annegret, Annegret will gehen, Annegret hält den Kopf des Babys, Annegret trippelt über den Rasenteppich zum Tor, Josef hebt die Arme. *Das geht uns nichts an. Das geht uns wirklich nichts an.* Der Gesang hallt von einer Hirnwand zur anderen, zersetzt die letzten Zellen und Synapsen, erklärt dir, du stehst knapp an der Schwelle, bald wirst du hineingezogen in das schwarze Loch, bald wird kein Licht dich retten können, das schwarze Haar Ellis wird sich über dich legen und dich eingraben und vergraben und dich ersticken wie alles andere in deinem kleinen Sonnensystem. Den Sohn, das Haus, die Familie verlierst du, und dann stehst du da ohne Sonne. Die Sonne wirst du nie wieder spüren, es wird nur noch regnen, im April und im Mai und im August und im Dezember, es wird regnen immerzu zwischen dir und dem Licht, das wird nicht leicht sein, die Sonne wird gestorben sein und auf der Erde wird es frieren, der Regen wird dir eisig auf den Kopf prallen und dich umbringen. Du ziehst die Decken deiner Mutter über die Schulter. Der Rücken tut immer noch weh, du weißt nicht, ob vom Liegen oder von der Krankheit. Jedenfalls geht es dir nicht gut. Der Körper ist schwer und schwach wie dein Geist. Du liegst auf dem Sofa im Wohnzimmer und hast keinen Grund aufzustehen, außer dem Blasendruck. Dem gibst du jetzt nach. Du schälst dich aus der Decke, schnaufst dabei. Streckst dich, verziehst dabei das Gesicht. Gehst aufs Klo, kommst zurück, legst dich hin und träumst von Elli, ihrem Lächeln, ihrer säuselnden Stimme, der Blume im Haar, Blume aus dem Gemeindebau, sie reißt den Mund auf, fletscht die Zähne wie ein Raubtier, beißt in deinen Hals, und nun rinnt aus dir das Schweineblut, sie trinkt es, sie saugt dich aus, sie ermordet dich. Sie sammelt dein Blut und baut damit ein Haus. Sie baut es aus blutroten Ziegeln, fragt dich, wo du das Messer verstaut hast, das Schwein muss sterben. Jetzt ist es ...

Montag, der 15. April

8
Du bei mir

Du willst aufstehen, kannst aber nicht. Du bist müde. Die Blase drückt, du schläfst ein. Du wachst auf. Gehst zur Toilette. Der Kühlschrank summt. Du schaltest den Fernseher ein. Du schläfst. Das Handy läutet. Ich rufe dich aus meinem Büro an. Ich kenne dich bereits, ich habe dich vor ein paar Jahren schon einmal betreut. Nun hat mir die Behörde neuerlich einen Auftrag gegeben, wegen der neuen Auflagen. »Herr Gruber, ich lade Sie zu einem Gespräch wegen der neuen Entwicklungen ein.« Und Bewerbungen. Du fragst, »welche Bewerbungen?« Ich bin verwirrt, dir sollten die Auflagen bekannt sein. Ich erkläre dir deine Bemühungspflicht, das macht dich rasend. Du weißt von deiner Bemühungspflicht. Das Adrenalin weckt dich auf. Ich verstehe, dass du dich zeitlich wohl nicht orientieren kannst, und erinnere dich, es ist der Fünfzehnte. Du verstehst jetzt. Du bist jetzt da, wach, ansprechbar. Du sagst, du seist krank. Nein, du habest keine Bestätigung. Nein, du seist nicht beim Arzt gewesen. Nein, du würdest keinen Arzt brauchen. »Nein, die Bewerbungen habe ich noch nicht abgegeben. Ja. Heute um vierzehn Uhr Dienstleistungszentrum drei. Auf Wiederhören.«

Am Montag um vierzehn Uhr bist du bei mir im Büro vorstellig. Du bist pünktlich, hast deine Mappe mit

Dokumenten in einem Plastiksack mit, obwohl ich nicht danach gefragt habe. Das macht dich in meinen Augen zu einem der organisierteren Sozialhilfeempfänger. Du kommst vollkommen durchnässt. Ich helfe dir aus der triefnassen Jacke und hänge sie an die Haken an der Tür. Am grauen Teppichboden bildet sich schnell ein nasser Fleck des herabtropfenden Wassers. An die Scheiben trommelt der Starkregen. Du reibst dir das Gesicht mit den Händen trocken. Es wirkt fahl und eingefallen, deine Bewegungen langsam und fahrig. Ich vermute, du bist hierher gelaufen, und sehe nach deiner Adresse, das sind mindestens drei Kilometer Fußmarsch. Dein Körper wirkt, als könne er von einem sanften Windstoß umgeworfen werden. Es ist mir ein Rätsel, wie du es durch dieses Wetter zu mir geschafft hast.

Am Morgen habe ich deinen Fall zugewiesen bekommen. Wir trafen uns mit den Sachbearbeiterinnen der Behörde bei der quartalsmäßigen Fallkonferenz. Diesmal richteten wir sie aus. Ich war schon früh im Büro und habe den Besprechungsraum vorbereitet, Wasserkrüge und Gläser auf dem Tisch bereitgestellt und Filterkaffee zubereitet. Die Sachbearbeiterinnen sind unsere Auftraggeber, Julia legt Wert darauf, sie anständig zu bewirten. Deswegen sponsern wir auch eine kleine Jause aus der Kaffeekasse. Meine Kolleginnen und ich teilen uns die Konferenz auf. Ich bereite vor und nach, meine Kollegin Julia führt das Wort, Kollegin Claudia schreibt das Protokoll. Karin ist derzeit noch verschont von Aufgaben, sie arbeitet sich noch ein. Ich mache die Vor- und Nachbereitung, da ich ein Mensch von der aufbrausenderen Sorte bin. Wir vermeiden, dass ich mit Autoritätspersonen spreche. Man pisst seinem Auftraggeber nicht ans Bein, sagt Julia. Meine Kolleginnen nennen mich manchmal *die Retterin der Unterdrückten* und lachen dann. Ich würde mich angeblich zu sehr einsetzen für meine Klienten und Klientinnen, ich sei zu parteiisch, was bei der Behörde nicht gut ankommt. Ich sehe das anders. Das Ziel unserer Arbeit ist die Einstellung des Sozialhilfebezugs. Wie, ist der Behörde egal. Entweder durch Arbeit oder durch (Berufsunfähigkeits-/Invaliditäts-) Pensionsantritt, durch ein Rehabilitationsjahr, durch die Aufdeckung von Verfehlungen der Klientel und so weiter. Ich jedoch lege Wert darauf, die Menschen kennenzulernen.

Die Sachbearbeiterinnen bedienen sich an den Brötchen und schlürfen Kaffee. Deine Sachbearbeiterin, Melanie Ranftl, erzählt uns vom Tobsuchtsanfall Hochgatterers. Dabei entgleist ihr das Gesicht. Sie versucht eine Wirtshausgeschichte daraus zu machen, die Mimik verrät jedoch den Schock über die Abgründe, denen sie sich in diesem Job auszusetzen hat. Immer wieder checkt sie ihr Handy. Sie entschuldigt sich dafür, ihr Kind sei krank, sie habe eine Leihoma engagieren müssen. Dann kommen wir zu dir, du bist ihr *Fall*. Ihre Kolleginnen haben ihr dazu geraten, für dich das Case Management einzuschalten, denn du seist von der ähnlichen Sorte Kunde wie der Hochgatterer. Du seist *nicht ohne*, was es sinnvoll mache, Professionisten einzuschalten. Meinen Widerspruch kann Julia an meinem Gesicht ablesen, sie tippt mir warnend mit dem Fuß an mein Bein. Bloß die Klappe halten. Sie erklären, du würdest andauernd Beschwerdebriefe an die Behörde versenden, Widerspruch erheben, Leserbriefe an die Regionalmedien schicken. Sie erwarteten ein Intensivieren und Verschlimmern des Verhaltens. Gewalt sei nicht auszuschließen, pflichtet ihr die Kollegin bei, und ich will deinen Fall sofort übernehmen. Ich ahne, ich muss Melanie Ranftl vor dir und dich vor Melanie Ranftl schützen. Sie sagt rundheraus, sie glaube, du rührest keinen Finger wegen eines Jobs. Sie glaube, du führtest die Behörde bereits seit Jahren an der Nase herum. Sie glaube, du würdest die Bewerbungslisten zinken. Eine lehrerhafte Arroganz zeigt sich in den Mundwinkeln. Ich hätte gerne gesagt: Das ist doch gang und gäbe. Doch Julia wirft mir warnende Blicke zu. Ich beiße mir auf die Lippen. Jede und jeder weiß über das Zinken der Bewerbungslisten Bescheid, auch die Sachbearbeiterinnen, aber niemand sagt es laut. Denn würden wir es laut sagen, würden wir zugeben, die grundsätzlichen Auflagen für die Leistungsbeziehenden sind alle für die Katz. Es ist eher Schikane als ein zielführendes Unterfangen, die Klienten mit diesen Unterschriftslisten auf Bewerbungstour durch die Stadt zu schicken. Melanie Ranftl ordnet an, dich ins Case Management aufzunehmen, um dich engmaschiger zu kontrollieren und zu *motivieren*. Julia streckt mich mit ihrem Blick nieder.

Normalerweise verstehen die Sachbearbeiterinnen und wir uns gut, wir sitzen alle im selben Boot. Die Beamtinnen verwalten, und wir versuchen zu helfen, verwalten schlussendlich aber auch nur. Der Job fühlt sich an wie ein Sumpf, den es halbwegs sicher zu durchwaten gilt. Wir reichen Hände und werden mit jenen, die danach greifen, hinabgezogen. Armutsdepression ist ansteckend. Flammte mein Kampfgeist nicht hier und da auf, wäre ich schon erstickt. Melanie Ranftl ist eine jener Sachbearbeiterinnen, die wenig Verständnis für die Klientel haben. Es sei die Schuld jeder und jedes Einzelnen, in den Morast geraten zu sein. Ein wenig Anstrengung, und sie würden es herausschaffen und der Allgemeinheit nicht mehr faul auf der Tasche liegen. Sie sind keine Sozialarbeiterinnen, haben nicht gelernt, wie sich Armut auf Körper, Geist, Lebenslust und Antrieb auswirkt, auf das gesamte Leben wegen mangelnder Teilhabe, Armut bewirkt eine Verengung des Blicks. Die Lösung wäre: Verteilungsgerechtigkeit. Ich sag's nur.
Am Ende der Konferenz habe ich die Unterlagen entgegengenommen und Melanie Ranftl ins Gesicht gelogen, ich würde sie zeitnah über die Entwicklungen informieren. Ich weiß nicht, wieso, sie macht auch nur ihren Job, und wenn wir nach den Verordnungen und Gesetzestexten gehen, tatsächlich einen guten.
Danach habe ich mich gleich den Unterlagen gewidmet. Habe deine alte Akte ausgegraben und nachgelesen, und ich habe mir den aktuellen Bescheid zu Gemüte geführt, dort dann die neue Auflage entdeckt.

Die hat mich schockiert. Es kommt selten vor, dass dieses Gesetz angewandt wird. Die Neue nimmt ihren Job von Anfang an ernst. Du bist schon mehr als drei Jahre in aufrechtem Bezug, was die Auflage erst möglich macht. Ich rufe dich sofort an, denn wir müssen schnell handeln.

Du kommst triefnass zu mir ins Büro. Ich hole den Heizstrahler, stecke ihn ein und platziere ihn so, dass er dich wärmt. Du hustest, ein grollender, schleimiger Husten. Ich lächle trotz deines elendigen Anblicks, bedanke mich für dein Kommen und erkundige mich nach deiner Krankheit. Wir nennen diese Gesprächstechnik »Erwärmen«. Es ist eine Art Manipulation hin zu gegenseitiger Sympathie. Der Klient soll sich gesehen und gehört, er soll sich wohlfühlen, er soll den Eindruck haben, er werde angenommen, damit er in die Arbeit einsteigen kann. Macht das eine Fachkraft schlecht, wird das Gespräch von deutlich höheren Widerständen geprägt sein. Du erzählst mir, du habest seit einer Woche das Haus nicht verlassen. Du habest wohl Fieber gehabt, wie hoch, das könntest du mir nicht sagen, du würdest kein Fieberthermometer besitzen. Es sei die Hölle gewesen, dein ganzes Leben habest du noch einmal durchmachen müssen. Dabei blickst du starr und entsetzt auf den Tisch zwischen uns, manchmal erschauerst du dabei unbewusst und hustest dann durchdringend. Du weichst meinem Blick aus, als würde ich dich überprüfen. Und es stimmt. Trotz der offensichtlichen gesundheitlichen Situation bemerke ich meine Vorsicht, dir zu glauben. Wir hören ständig Ausreden und Geschichten, wir haben uns angewöhnt, für alles nach einer Bestätigung zu fragen. Aber ich bestätige dich in deinem Körpergefühl, in dem ich vermute, du habest eine echte Grippe gehabt. Du zuckst die Schultern, als ginge es um eine Lappalie. Als ich dir ans Herz lege, den Arzt aufzusuchen, um deine Lungenfunktion zu überprüfen, lenkst du ab und fragst mich, warum es zu diesem Termin komme.

»Die Behörde hat Sie zugewiesen. Für ein Jahr werde ich Ihre Betreuerin sein. Wir kennen uns schon, können Sie sich erinnern?«

»Sie haben mir damals die Pflegekarenz verschafft.«

»Genau. Wie geht es Ihrer Mutter?«

»Gut, sie liegt unter der Erde.«

»Das tut mir leid, Herr Gruber.«

Abgestumpft winkst du ab. Ich erkläre das Programm. Das Case-Management-Programm läuft zwölf Monate, du solltest jede Woche zu mir kommen. Bei uns Sozialarbeiterinnen gibt es einen Spruch. Er heißt, wir holen die Klienten dort ab, wo sie stehen.

»Sie sind nicht sonderlich erfreut über die Hilfe, scheint mir.«

»Das ist doch bloß Schikane.«

»Ich bin beauftragt, Ihnen aus der sozialen Notlage zu helfen.«

»Ich sehe keine Notlage. Ich bin ganz zufrieden.«

Ich versuche dir zu vermitteln, ich würde an deiner Seite stehen, ich hätte dir das bereits mit der Pflegekarenz bewiesen. Du zuckst abermals die Schultern

und schnaufst, was in einen neuerlichen Hustenanfall mündet. Da du schon einmal hier gewesen seist, könnten wir auch gleich starten. Die Situation habe sich durch den Tod der Mutter nur geringfügig geändert, also könnten wir uns die Datenerhebung und die Anamnese sparen. Du zuckst bloß wieder mit den Schultern, als ginge dich das alles nichts an.
Ich muss dich aus deiner Lethargie holen, denke ich, deine Situation ist schlimmer, als du glaubst.
»Haben Sie Ihren neuen Bescheid bereits erhalten?«
»Ich weiß nicht. Ich war noch nicht am Briefkasten.«
»Ich habe ihn heute Morgen von der Behörde bekommen.«
»Darf die Behörde meinen Bescheid einfach weitergeben?«
»Ja, weil sie mir dieses Blatt unterschreiben.« Ich lege dir die Datenschutzregelungen vor. »Damit geben Sie mir die Erlaubnis, mit allen relevanten Institutionen zusammenzuarbeiten.«
»Ich hatte es noch nicht unterschrieben, also ist das rechtlich nicht gedeckt. Ich will es auch nicht unterschreiben.«
»Wenn Sie nicht unterschreiben, kann das Programm nicht starten, und Sie verletzen Ihre Bemühungspflicht.«
Ich habe keine Rechte in diesem System, denkst du, unterschreibst aber.
Ich schiebe dir den fünfseitigen Bescheid zu und beuge mich über den Tisch. Du überfliegst die erste Seite. Nickst und lehnst dich zurück.

»Auf der zweiten oder dritten Seite finden Sie die neuen Auflagen.«
Du blätterst desinteressiert. Ich zeige mit dem Finger auf die Stelle. Zuerst ist die Teilnahme am Case Management aufgeführt. Aufmerksam liest du weiter und wiederholst das Gelesene laut: »Grundbücherliche Sicherstellung des Grundstücks ...« Du wiederholst es zweimal.
»Verstehen Sie, was das heißt?«
Du antwortest nicht. Starrst auf das Stück Papier, was mir den Eindruck verschafft, du verstehst. Es wirkt, als habest du dich geistig in irgendeinen Raum deines Gehirns verzogen und versteckt. Du starrst auf das Papier, und deine Lippen bewegen sich weiter ohne Ton, immer wieder wiederholst du den Lesevorgang und versuchst zu erfassen, was die Sätze bedeuten. Ich erkläre: »Das heißt, wenn der Sozialhilfebezug nicht eingestellt wird, wird sich die Behörde ins Grundbuch Ihres Grundstücks und Hauses einschreiben.«
»Das heißt dann was?«
»Sollten Sie es veräußern wollen, würde ein Teil der Verkaufssumme in Höhe der geleisteten Sozialhilfezahlungen an die Behörde abgeführt werden. Sollten Sie sterben, entsteht eine Schuld der Erben gegenüber dem Land. Dazu wird es zeitnah einen Notartermin geben.«
Dein ohnehin blasses Gesicht wird noch fahler. Du schaust mich an, und dein Blick ist voller Zorn. Mich schaudert. Du knallst die flache Hand auf den Tisch.

Ich zucke zurück. »Wir werden das verhindern«, will ich dich beruhigen.
Mit einem Ruck stehst du auf, die Faust geballt. »Haben Sie etwas damit zu tun? Wollen Sie mich fertigmachen? Was habe ich Ihnen getan? Nichts habe ich getan!«
»Herr Gruber, beruhigen Sie sich!«
»Beruhigen soll ich mich? Die nehmen mir das Haus weg, und ich soll mich beruhigen?«
»Sie nehmen es Ihnen nicht weg. Sie dürfen darin wohnen bleiben. Es ist bloß für den Fall ...«
»Herzlichen Dank! Ich *darf* darin wohnen bleiben! In dem Haus, für das meine Mutter jahrelang geschuftet hat, darf ich wohnen bleiben! Da freue ich mich aber!«
Ich versuche zu erklären, ich müsste es besser wissen, jetzt ist nicht die Zeit zu erklären: »Das Land muss sicherstellen, die Sozialhilfe wieder rückerstattet zu bekommen. Es handelt sich nicht um eine Versicherungsleistung wie beim Arbeitslosengeld ...«
»Und das berechtigt das Land, mir mein Haus wegzunehmen? Sind Sie noch ganz bei Trost? Die Firmen, die uns um jeden Cent Steuern betrügen, die abwandern, die ihr Geld in Steuerparadiese verschieben, die lassen die in Ruhe, aber dem kleinen Mann, der niemandem etwas tut, der nur lebt! Dem nehmen die das Haus, den enteignen die!«
Du läufst auf und ab, fährst dir durchs Haar, reißt daran. »Scheiß-Herzog! Verdammte Verbrecher! Merken Sie nicht, was hier abgeht! Die machen uns zu

Sklaven! Die machen uns zu Robotern! Die nehmen uns alles, wenn wir ihnen nicht ins Bild passen! Einen Scheiß werde ich tun und den Wisch unterschreiben! Einen Scheiß werde ich tun und mein Haus hergeben!«

Nun stehe auch ich auf und versuche, dich mit der flachen Hand zu beschwichtigen. Ich trete einen kleinen Schritt auf dich zu, wiederhole sanft: »Herr Gruber …«, als wärst du ein wild gewordenes Pferd, das sich mit zarten Worten besänftigen lässt.

»Ist das auf Ihrem Mist gewachsen? Haben Sie sich das einfallen lassen? Ihr steckt doch alle unter einer Decke! Am liebsten würdet ihr uns alle ins Arbeitslager stecken mit vorgehaltenem Gewehr!«

Mein Herz pocht, als würde es davonlaufen wollen. Verzweifelt suche ich Blickkontakt zu dir. »Herr Gruber, wir finden einen Ausweg!«, wiederhole ich in Dauerschleife. Doch du bist vollkommen in Rage und trittst gegen den Heizstrahler, der drei Meter über den Boden rollt und erstirbt. Ich traue mich und lege eine Hand fest an deine Schulter. Du starrst darauf, dann siehst du mich an, und es durchzuckt dich, als träfe dich ein Blitz. Mit den flachen Händen reibst du dir über die Augen, das Gesicht, du atmest aus. Dann lässt du dich auf den Stuhl fallen, reibst dir wieder das Gesicht.

Ich setze mich zu dir an den Tisch und atme erst mal durch. Wir sitzen stumm für ein paar Augenblicke. Mein Puls verlangsamt sich wieder. Meine Angst weicht der Wut. Es mischt sich Mitleid mit schlechtem

Gewissen. Ich hätte selbst derart reagiert, ich kann dir keinen Vorwurf machen. Aber du machst ihn mir. Du entschuldigst dich. In deiner Stimme liegen Resignation und eine Anklage. In deinen Augen gehöre ich zu jenen, die dir das Haus wegnehmen wollen.

»Ich möchte mit Ihnen Ihre Möglichkeiten durchgehen.«

Du stimmst nicht zu, sitzt bloß da, den Blick auf den Tisch gerichtet.

»Ist es Ihnen möglich, ohne Sozialhilfe durchzukommen? Haben Sie Verwandte, die Sie unterstützen können?«

»Ich bin allein.«

»Vielleicht finden wir einen Job für Sie.«

»Die Firmen reißen sich um mich!«

»Ich kenne da einen Betrieb, der braucht dringend Hilfskräfte.«

Du verdrehst die Augen. »Keiner stellt einen alten, kranken Mann ein.«

»Haben Sie schon einmal eine Arbeitsfähigkeitsuntersuchung gemacht?«

Du nickst. »Vor zwei Jahren. Die stecken alle miteinander unter einer Decke.«

»Was ist herausgekommen?«

»Ich bin arbeitsfähig. Ich darf zwar nichts Schweres heben, nicht lange stehen und nicht lange sitzen, aber ich bin arbeitsfähig! Als Bürobote könne ich arbeiten und als Portier, stand im Gutachten. Die sind alle nicht bei Trost. Ist Ihnen je eine Ausschreibung als Bürobote untergekommen?«

»Waren Sie schon einmal bei einem Psychiater?«
»Wieso sollte ich dahin? Ich bin doch nicht verrückt!«
»Wissen Sie, lange Arbeitslosigkeit führt oft zu psychischen Erkrankungen ...«
»Ich bin nicht verrückt! Sehe ich verrückt aus? Ich bin wütend! Wenn mich etwas verrückt macht, sind es Leute wie Sie, die mir einreden wollen, dass ich verrückt sei, weil ich keinen Job finde!«
Du stehst auf und ziehst dir die Jacke an. Du unterscheidest dich nicht von anderen Langzeitarbeitslosen. Mit jedem Monat ohne Arbeit wird die Hoffnung, eine zu finden, geringer. Mit jedem Monat ohne Arbeit stellt sich langsam der Selbstschutz ein, indem sich die Leute einreden, sie wollten gar nicht arbeiten, um der ständigen Ablehnung etwas entgegensetzen zu können. Eine Art Restwürde ist dieses Trotzgefühl, das sie an den Tag legen. Und mit jedem Jahr mehr in diesem Gefangensein zwischen Trotz und Ablehnung am Arbeitsmarkt wird der Antrieb weniger, einen Job zu suchen. Der Alltag wird zum Trotz, es gibt keinen Veränderungswunsch mehr, denn jeder Wunsch wird enttäuscht. Arbeitslosigkeit und Armut sind zwei Faktoren, die Menschen umbringen können.
Ich weiß, wenn du gehst, ohne eine Lösung für dein Problem gefunden zu haben, könntest du zu Hause auf dumme Gedanken kommen. Also biete ich dir an, mit mir eine rauchen zu gehen, und du nimmst das Angebot an.

Ich lade dich auf einen Blutorangentee aus dem Automaten ein, und wir stellen uns auf die mit Waschbetonplatten ausgelegte Terrasse des Dienstleistungszentrums. Es regnet immer noch, nah an der Hauswand stehen wir, damit der Dachvorsprung uns schützt. Aus den Bechern dampft der Tee. Ich biete dir eine Zigarette an, aber du holst selbst eine aus der Jackentasche. Wir rauchen und sehen über den Parkplatz in das erleuchtete Gewerbegebäude gegenüber. Du deutest auf ein Fenster im dritten Stock und meinst, denen würde die Palme bald eingehen. Ich folge deinem Blick mit zusammengekniffenen Augen und nicke, als ich die gelben Blätterspitzen sehe. »Sie kennen sich mit Pflanzen aus.«

Du nickst. Dann holst du mit der Zigarette in der Hand aus und nimmst mit einer halbkreisförmigen Bewegung die Gegend ein.

»Vor fünfundzwanzig Jahren war das noch Auengebiet. Der Fluss war noch nicht begradigt, und die Wiesen wucherten von Sumpfdotterblumen, Mädesüß und Sumpf-Vergissmeinnicht. Unmengen an Mücken schwirrten umher, und in den Wiesen zirpte und summte es. Die besten Wildkräuter hat meine Mutter hier gesammelt. Bis der damalige Bürgermeister, der Herzog senior, alles niedermähen ließ. Neue Firmen wollte er anlocken und Arbeitsplätze schaffen, und er hat das ganze Gebiet niedergewalzt und mit Pumpen trockengelegt. Hat einen Gewerbebau nach dem anderen herausgestampft aus der Erde. Immer, wenn er einen gebaut hatte, folgte der nächste mit der

neuesten Technik und noch besseren Räumlichkeiten und noch besserer Infrastruktur und größeren Parkplätzen. Es kamen aber keine neuen Firmen, die alten zogen einfach aus dem alten Gebäude aus und ins Neue hinein. Die alten haben seitdem hohe Leerstände, wenn nicht Vereine wie Ihrer sich einmieten oder die Ämter selbst. Quadratmeter um Quadratmeter umsonst bebaut und versiegelt und verschandelt. Der Fluss ist begradigt, und nun haben wir immer wieder Hochwasser. Dort hinten, sehen Sie! Da stapeln sich schon vorsorglich die Sandsäcke. Wird nichts nützen, wenn es so weiterregnet. Im Sommer hat es hier nun nachts noch dreißig Grad, weil sich alles aufheizt. Die Mäusebussarde sind verschwunden, die Biber, die Frösche.«
Ich nicke.
»Wissen Sie, ich habe ein Haus und einen Garten und versuche mein Fleckchen Erde zu pflegen. Ich gehe niemandem auf den Sack, kümmere mich um meine Angelegenheiten, fahre nicht mit dem Auto, fliege nicht, lebe auf kleinem Fuß und ernähre mich hauptsächlich aus meinem Garten. Wegen mir wird die Erde nicht zugrunde gehen. Wegen mir nicht! Aber die wollen das, die wollen, dass ich da mitmache. Die wollen mich in eine Arbeit zwingen, wo ich irgendetwas Unnötiges produziere, das niemand braucht, aber die Umwelt verpestet. Die wollen, dass ich ein Gehalt beziehe und das Geld wieder ausgebe für Waren, die ich gar nicht brauche. Die wollen, dass ich keine Zeit für meinen Garten habe und mich auch nicht von der

Ernte ernähre, denn davon nimmt der Staat nichts ein. Der Staat hat nichts von Leuten wie mir, deswegen geht er mir auf die Nerven. Dabei sollten alle leben wie ich, dann hätten wir das Klimaproblem nicht.«

»Sie sollten Politiker werden«, scherze ich.

Scherze ich?

Du reagierst nicht darauf.

»Die wollen mir meine kleine Hütte wegnehmen. Wollen mir meinen Garten wegnehmen und meine Werkstatt. Die wollen, dass ich mir kein Essen selbst ziehen kann, die wollen, dass ich mir meine Geräte nicht selbst reparieren kann, die wollen mich in einer kleinen Sozialwohnung wissen und von dort aus jeden Montag um halb sechs über den Bahnhofvorplatz schicken, damit ich in eine Arbeit komme, die ich nicht machen möchte und nicht gut mache, aber sie hätten mich wenigstens unter Kontrolle.«

»Wir werden eine Lösung finden, Herr Gruber.«

»Welche denn? Sind Sie Zauberin?«

»Sie haben schon recht, wir alle sind verpflichtet zu arbeiten, aber es gibt Ausnahmen. Wie damals, bei der Pflegekarenz.«

»Meine Mutter ist tot.«

»Schauen Sie, Sie haben drei Möglichkeiten. Erstens, Sie suchen sich Arbeit. Vielleicht finden Sie etwas, das Ihnen gefällt? Gärtnern vielleicht? Irgendetwas wird sich finden!«

»Ich will gar nicht arbeiten! Nicht für einen cholerischen Chef im Schichtdienst für ein mickriges Gehalt. Aber das darf man nicht laut sagen.«

»Aber Sie können doch nicht erwarten, dass Sie die Gesellschaft durchfüttert ein Leben lang!«
»Wieso nicht? Es ist doch genug für alle da? Ich koste nicht viel. Die neuntausend im Jahr! Ich hab viel mehr eingezahlt in meinen guten Jahren.«
»Sie könnten das Haus jemandem überschreiben. Haben Sie nicht einen Sohn? Er könnte es übernehmen, und Sie lassen sich ein lebenslanges Wohnrecht eintragen.«
Mit diesem Vorschlag bringe ich dich zum Schweigen. Du nimmst einen Zug von der Zigarette. Deine Mimik wird undurchdringlich, als ziehest du innerlich eine Mauer hoch.
»Wir könnten auch alle möglichen Ärzte bemühen, ich kann Sie noch einmal zur Arbeitsfähigkeitsuntersuchung anmelden. Wir versuchen, eine Berufsunfähigkeitspension zu erwirken. Dazu müssten Sie aber zum Psychiater, alles andere haben Sie bereits vorgelegt.« Es ist mein verzweifelter Versuch, dich zu einer Einsicht zu bringen. Es ist mein verzweifelter Versuch, dich vor dir selbst zu retten. Ein Psychiater würde dich medikamentös einstellen, dir Psychotherapie verordnen, und in einem Jahr wärst du wieder arbeitsfähig. Du würdest dich freuen, als Produktionshelfer zu arbeiten, da du deine Anpassungsfähigkeit an die gesellschaftlichen Bedingungen wiedererlangt hättest. Du reißt mich heraus aus meinen helfenden Gedanken mit dem Satz: »Ohne Erwerbsarbeit leben zu wollen ist keine Krankheit.«
Du schnippst die Zigarette auf den Terrassenboden,

trinkst den Blutorangentee aus, bedankst dich und gehst. Lässt mich einfach stehen, und ich schaue dir verwundert nach. Bist du verrückt, oder hast du Verstand, frage ich mich, während ich über die mit Beton zugepflasterte frühere Au schaue.
Ich muss dennoch meinem Auftrag gerecht werden. Ich rege bei deinem AMS-Betreuer also erneut eine Arbeitsfähigkeitsuntersuchung an und kontaktiere auch ein paar Firmen, eine davon bittet um Bewerbungsunterlagen. Ich sende dir eine Mail mit den Daten. Danach packe ich meine Sachen und mache Feierabend.

9
Bewerbung
(nicht abgeschickt)

Sehr geehrte Arbeitgeber und -innen,

ich werde auch mit dieser Bewerbung scheitern. Ich werde mich nicht adäquat präsentieren können, um Ihren Ansprüchen zu genügen. Ich werde durchaus lügen und so tun, als ob ich könnte, was Sie von mir verlangen. Ich werde mich interessiert zeigen an den Vorstellungen, denen ich entsprechen sollte, werde nicken und bestätigen: Ja, das haben Sie sich verdient. Sie haben es verdient, den besten, verlässlichsten, immer bei der Sache bleibenden, immer verfügbaren Arbeitnehmer zu bekommen, den Sie brauchen. Fit, charismatisch, teamfähig werde ich mich geben, anpacken wollend, Bäume ausreißend. Ich werde dankbar sein für die Einladung zum Gespräch, obwohl ich weiß – Sie wissen es auch, vormachen müssen wir uns nichts –, Sie werden mich nicht nehmen. Aber: Dank Ihnen gibt es diesen Job, dank Ihnen könnte ich eine Berechtigung für mein Dasein erlangen. Ich werde mich kämmen und waschen zuvor, ich werde Deo auftragen. Ich werde mein gutes Hemd anziehen, aber in Jeans antanzen, ich habe keine andere Hose. Ich werde mich lässig geben, und angesprochen auf die Lücken im Lebenslauf werde ich sagen, ich hätte mich in Bewerbungskursen orientiert. Ich habe meine

Persönlichkeit entwickelt, werde ich Ihnen versichern. Ein neuer Mensch bin ich seitdem, werde ich vorgeben. Ich werde so tun, als ob ich diesen, Ihren Job haben möchte. Ich möchte tatsächlich einen Job haben, der meinen Fähigkeiten entspricht. Ich habe aber keine. Ich werde so tun, als wäre ich von Ihnen abhängig. Sie fühlen das gern, ohne Sie, ohne die Wirtschaft, läuft nichts in diesem Land. Ich hoffe, ich werde endlich die angeforderte Leistung erbringen können, die mich zu einem vollwertigen Mitglied der Gesellschaft macht. Ich werde mich nicht mehr ausruhen in der sozialen Hängematte, ich werde die Ärmel hochkrempeln und etwas leisten, um mein Brot selbst bezahlen zu können. Ich werde mir den Rücken kaputt schuften und kein schlechtes Gewissen haben, denn ich habe die Versicherungsbeiträge für die medizinische Versorgung im Vorhinein bezahlt. Dank Ihnen. Dank Ihnen könnte ich zum anerkannten Menschen innerhalb unseres Gesellschaftsvertrags werden. Ich könnte kein Durchschummler mehr sein. Dass ich zu Ihnen komme, obwohl wir wissen, was wir wissen, das verlangt das Gesetz. Es verlangt Bemühen. Bemühungspflicht: so tun, als ob man Interesse hätte, einen Job zu bekommen, den man keinesfalls ausüben möchte. Wenn Sie einen Sklaven brauchen, werden Sie mich annehmen, und ich kann nichts dagegen tun. Aber das wird nicht passieren. Sie werden merken, ich bin gänzlich ungeeignet. Sie werden die Ablehnung nicht wegen der Jeans aussprechen. Sie werden mir gar nicht sagen, warum ich für den Job nicht in Frage komme, ich kann es mir denken. Alter. Gesundheit. Das schüttere Haar. Das falsche Getue. Das spürbare Desinteresse am Mindestlohn, dem Fließband, dem Hickhack unter den Angestellten, dem Unwillen, den Körper zugrunde zu richten, dem sinnbefreiten Produkt, das Sie verkaufen. Aber Sie werden mir mein Bemühen mit einer Unterschrift bestätigen, damit ich weiterhin vom Staat leben kann. Ich danke Ihnen. Ohne die Wirtschaft läuft nichts in diesem Land.

Mit wenig freundlichen Grüßen,
Manfred Gruber

10
Du

Du hättest Lust, die Passanten anzuschreien, ihnen vorzuhalten, dich ins Unglück zu stürzen. Ihre Art zu leben schränkt deine Freiheit ein. Nur weil sie blind durchs Leben taumeln und damit die Norm darstellen, bleibt dir keine Nische, in der du atmen kannst. Jemand spricht zu dir und sagt: *Du hast es verdient. Du hast es verdient, alles zu verlieren. Alle deine Fehler der Vergangenheit führen genau zu diesem Punkt, nun bekommst du die Rechnung präsentiert. Von Anfang an wussten das alle, deine Mutter, dein Sohn, Elli. Von Anfang an war dein Weg vorgezeichnet, um in dieser Sackgasse zu landen.* Die andere Stimme in deinem Kopf aber nimmt dich in Schutz. *Du kannst nichts dafür. Das System ist nicht für dich gemacht. Würdest du dich anpassen, würdest du sterben. Dein Weg ist eben ein harter, einer voll von Hindernissen, es werden dir Steine in den Weg gelegt, aber du hast eine Daseinsberechtigung aufgrund deines Menschseins. Bleib hart, bleib stur, du musst dich um dich selbst kümmern.* Sie streiten um dich und in dir und über dich, und du hörst ihnen zu. Wegen des Lochs im Schuh ist dein linker Fuß kalt und nass. Die vollgesogene Sohle schmatzt beim Auftreten. Es fühlt sich fast wie Buße tun an, wie Mönche sich früher selbst geißelten, um Gott zu bitten, sie aus Schuld und Sünde zu befreien. Aber du weißt, Gott gibt es nicht, niemand wird dich von deinen Sünden befreien, niemand wird dir Hoffnung einflößen, das Steuer doch noch herumzureißen. Niemand wird sich deiner erbarmen und dir deine Fehler vergeben. Dein kalter Fuß ist umsonst kalt, er wird dir aus nichts heraushelfen. Der Nagel, der dir einwächst und nun bei jedem Schritt schmerzt, ist kein Vorbote auf Erlösung. Er macht dich nicht rein durch Schmerz, er erinnert dich bloß an deine ausweglose Lage. Als du nach dem Termin mit mir zu Hause ankommst, fühlst du dich schwer, erschöpft und niedergeschlagen. Deine Energiereserven scheinen vollkommen aufgebraucht, du hast schon mit zu vielen Menschen sprechen müssen, mit denen du nicht sprechen wolltest. Milli begrüßt dich nicht, sie nimmt es dir übel, dass du dich eine volle Woche nicht um sie gekümmert hast. Du hörtest ihr Maunzen, ihr Kratzen an der Balkontür, als du auf der Couch lagst und dir alles egal war, und du bereust, auf ihre Rufe nicht reagiert zu haben. Du bereust, Ellis Rufe ignoriert zu haben. Du bereust, allein zu sein und niemanden zu haben, um den du dich kümmern kannst, der sich um dich kümmert. Du bist einsam, und niemand wird dir helfen, du wirst alles verlieren. Du entledigst dich deiner Schuhe und der Socken und prüfst den eingewachsenen Nagel. Mit den Fingern tastest du ihn ab, ein greller Schmerz zieht sich bis zu seinem Gelenk am Ballen. Der Fußweg hat der Zehe nicht gutgetan. Es ist, als würden die Behörden darauf bestehen, dass du unter deiner Situation physisch leidest. Würden sie dich in Ruhe lassen, würdest du nicht durch die halbe Stadt spazieren müssen, um in ein Büro zu kommen, in dem dir die schlechteste aller Nachrichten überbracht wird. Das System will dein Leiden. Es verfolgt dich, will dich nach unten drücken, will dir alles entziehen, was dir als Lebensgrundlage dient. Deinen gesunden Körper, dein Haus, deinen Garten, dein Seelenheil. Du ziehst dir die Schafwollsocken deiner Mutter über und schnaufst.

Du solltest etwas tun. Du musst dich ablenken von den Gewaltfantasien in deinem Kopf. Von den Bomben, die du gerne bauen würdest, um sie der Sachbearbeiterin an die Plexiglasscheibe zu werfen. Von der Fantasie, dem Herzog junior nachts auf der Straße aufzulauern, um ihn windelweich zu prügeln. Vom Putschversuch im Parlament, bei dem du dich am Koks des Bundeskanzlers bedienst und den Maturanten hernach an der Leine ins AMS zerrst, um ihn als unausgebildete Hilfskraft in einen Schichtbetrieb zu zwingen unter Androhung der Aussetzung all seiner Bezüge. Die Besetzung der Medienhäuser mit Arbeitslosen, die ihre eigene Wahrheit in die Welt hinausposaunen und Klicks generieren für Artikel über Steuersünder und schlechte Arbeitsbedingungen. Die Infiltrierung der Task-Force gegen Sozialbetrug und Umwandlung zur Steuerhinterziehungs- und Steuerflucht-Task-Force. Die Einführung des Prangers, aufgestellt am Heldenplatz, zur Anzeige besonders verabscheuenswürdig hoch bezahlter Manager. Die Ergreifung der Macht als Finanzminister und die rigorose Umsetzung der Vermögens- und der Transaktionssteuer, weil du die Eier hast, gegen die Lobbyisten zu handeln, sie einfach umzuwälzen, weil du es besser weißt, Punkt. Zu lange hast du im Wohnzimmer auf der Couch gelegen und dein Leben fiebrig nachfantasiert. Jetzt fantasierst du es gewaltvoll in die Zukunft, das macht dich mürbe. Ablenkung brauchst du, und du hast genug zu tun. Du betrittst die Werkstatt, machst dir Feuer und wendest dich dem Hasenstall zu. Er muss fertig werden, bald möchte der Nachbar ihn abholen. Du wirst dich bemühen, denn schließlich geht es um ein Kind. Dieses Kind kann nichts dafür, in diese Welt geboren zu sein, die du hasst. Es hat die Regeln nicht gemacht, genau wie du. Es wird dieser Welt ausgesetzt sein wie du. Seine Eltern werden es in die Schule stecken, und es wird von Anfang an dem Leistungswettbewerb ausgeliefert sein. Von Anfang an wird es bewertet, gemessen, beurteilt und korrigiert. Es wird sich fügen, denn wenn es sich nicht fügt, wird es aus der Gesellschaft gestoßen wie du. Wie alle, die sich dem Leistungsdenken entziehen, wie alle, die dem System entkommen wollen. Es geht um Laras Geburtstag, noch ist sie in diesem System eine Versorgte, mit jedem weiteren Jahr wird sie indoktriniert, gehirngewaschen und manipuliert, bis sie glaubt, Erwerbsarbeit ist ihre Daseinsberechtigung, anstatt Mensch zu sein. Dieses Kind soll nicht leiden unter deiner Schwäche, soll nicht verlieren ob deiner Erschöpfung. Lara soll sich freuen über ihr Geschenk. Du willst die Fehler an Stefan mit diesem Hasenstall ausmerzen. Willst seinen Blick ausradieren aus dir mit diesem Werkstück. Etwas Gutes tun, wird dir guttun, das weißt du bestimmt. Und es

wird dich ablenken, das ist das Wichtigste, dein Puls sollte sich wieder beruhigen und die Stresshormone wieder abgebaut werden. Du machst Feuer und dich an die Arbeit. Schleifst den zusammengezimmerten Korpus. Sie soll sich nicht verletzen an deiner Unachtsamkeit oder daran, dass du aufgibst. Sie wird einen Luxushasenstall bekommen, den sonst kein Kind haben wird, und du wirst ihn gebaut haben. Sie wird noch Jahre Freude daran haben, und du wirst stolz sein, dass du verhindert hast, dass ihre Eltern einen in einer Fabrik gefertigten Käfig aus Kunststoff gekauft haben.
Du arbeitest drei Stunden in der Garage, schleifst ihn zuerst mit der Maschine, dann fein mit der Hand. Du hustest und niest ob des feinen Staubs in der Luft, es ist befreiend. Du lässt das Holz ein, bestreichst es zart und achtest auf Gleichmäßigkeit. Du versenkst die Schrauben so tief wie möglich und schützt sie mit Kappen vor der Witterung. Es ist, als würdest du dich mit dieser Arbeit reinwaschen wollen von allen Vorwürfen. Du arbeitest, auch wenn du dafür kein Geld bekommen wirst. Du setzt deine Körperkraft ein, um ein Kind glücklich zu machen. Du kannst dir von deiner Arbeit nichts kaufen, aber Menschen werden lächeln, wenn sie den Stall sehen. Das ist genug Lohn, denkst du dir, dafür sollte man dir dein Haus lassen. Es soll nicht in die Hände der gierigen Behörden fallen. Das Haus hat dein Vater erbaut und deine Mutter gepflegt, erhalten und abbezahlt. Es soll an deinen Sohn übergehen, wenn du tot bist. Es soll in der

Familie bleiben, auch wenn du keine Familie mehr hast. Blut ist dick. Du warst kein guter Vater, nur mit diesem Erbe kannst du deine Fehler wiedergutmachen. Stefan soll es bekommen und hier seine eigenen Kinder großziehen. Er soll deine Fehler an seinen Kindern wiedergutmachen. Du betrachtest dein Werk und bist zufrieden.
Und du bist müde. Du weißt, dieser Hasenstall wird dich nicht vor der Enteignung schützen. Als Kind hattest du noch magische Gedanken. Früher war da eine innere Waage, auf die du deine guten Taten legtest, um sie mit dem Bösen in dir zu verrechnen. Du hast darauf geachtet, das Gute anzuhäufen, sodass das Gewicht des Bösen nicht überhandnehme. Du hattest das dumpfe Gefühl, diese innere Waage werde dich beschützen vor dem negativen Schicksal. Doch mit dem heutigen Tag weißt du, nichts wird dich retten. Du bist verloren, wenn du nicht irgendetwas Systemkonformes tust. Du könntest deinen Sohn anrufen und ihm dein Haus anbieten, aber jede Zelle in deinem Körper schreit bei dem Gedanken daran, dich derart zu erniedrigen. Also schaltest du dir den PC ein und entscheidest dich für das geringere Übel. Worddokument Standardbewerbungsvorlage. Du musst jetzt kurz funktionieren, musst dich bemühen. Du willst ihnen keinen Grund geben. Du klickst dich in den Browser, meldest dich im Jobroom an und gibst in die »geführte Suche« deine Suchparameter ein. Klickst auf »Angestellte/ArbeiterInnen« und »Saisonstelle«, willst dir die Option offenhalten. Du gehst nicht

davon aus, irgendwo angenommen zu werden, und wenn, dann gehst du nicht davon aus, den Job lange behalten zu können. Es ist dir so egal. Sinnlos das Ganze. Aber solltest du einen Job bekommen, fällst du aus dem Bezug und kannst dein Haus behalten. Vielleicht hast du diesmal Glück. Du lachst über deine Hoffnung, lachst dich selbst aus. Bei dem Punkt Beruf gibst du »ohne Beruf« ein, denn in deinem erlernten willst du nicht arbeiten. Die Elli lacht. *Was du alles nicht willst*, sagt sie. *Alimente will ich. Hast du gehört! Alimente!* Du willst gar nicht arbeiten, aber du tust, als ob. Du gibst Bundesland und Bezirk ein und bei Voll- oder Teilzeit »egal«. Deine höchste Ausbildung ist eine Lehre. Du klickst ein Kreuz ins Kästchen, die Stellenangebote sollen nicht älter als eine Woche sein. Der Filter informiert dich, dass er 218 Stellen gefunden hat. Da wird doch wohl etwas dabei sein. Du lachst, du lachst über dich und deinen Witz, wo kann man dich überall ablehnen?

Schon wieder einen Fehler gemacht: Die Suche spuckt jeden Beruf aus, weil du keinen Beruf angegeben hast. Du lachst, das amüsiert dich. Ein Trottel, wie er im Buche steht. Für die Stellen bräuchtest du eine abgeschlossene Lehre. Du findest unter den ersten fünfzig Ergebnissen nur zwei Möglichkeiten für dich, die müssen falsch eingetragen sein: Hilfsarbeit im Metallbereich und Produktionshilfskraft. Beide sind mit dem Bus, zu Fuß aber nicht erreichbar. Der Kontrolleur wird sich freuen. Wenn sie dich zum Probearbeiten einladen, musst du wegen der blöden Bemühungspflicht dorthin. Verschissene Zeit. Für beide Stellen wirst du eine Bewerbung schreiben. Du warst krank und hast deswegen deine zehn Bewerbungen noch nicht abgegeben. Gut, dass dich diese Frau erinnert hat. Sie hat dir eine Mail geschickt und dir einen Betrieb vorgeschlagen, bei dem du dich ebenfalls bewerben wirst. Danach wirst du sieben Personalbereitsteller anschreiben, die du bereits mehrfach angeschrieben hast. Du tust es, weil du in Not bist. Die können dich einfach nicht in Ruhe lassen. Du öffnest das Dokument mit der Standardbewerbung und tauschst die Adresse aus. Änderst die Anrede, den Firmennamen im Fließtext, du ärgerst dich. Irgendwas ist immer. Wie änderst du jetzt die blöde Formatierung. Du klickst dich kurz durch die Website der Firma. Eine Beraterin hat das von dir verlangt. Sich bei einer Firma bewerben, von der man keine Ahnung hat, was sie produziert, sei Bewerbungsselbstmord, hat die Beraterin gesagt. Die melden dich, wenn die sehen, dass du nicht auf der Website warst. Das sind alles Arschlöcher, die suchen nach Gründen! Den Standard erfüllst du, den Gefallen tust du ihnen nicht. Du erfährst, es ist eine Firma, die Verpackungen herstellt. Und mit den Kartonagen und Plastikflaschen und Dosen Produkte verpackt. Du schreibst den Satz um, den du im Standard-Anschreiben immer wieder anpassen sollst: *Ich habe großes Interesse an Verpackungen und lege Wert auf deren Qualität. Es war mir schon immer ein Anliegen, im Verpackungsbereich meine Kenntnisse zu erweitern.*

Du musst auf die Firma eingehen, bei der du dich bewirbst, du musst ein persönliches Anliegen und Interesse formulieren, du musst dich präsentieren, indem du deine Stärken angibst, und sollst den Benefit der Firma mit deiner Einstellung herausheben. Deswegen bleibt der letzte Satz immer gleich: *Mit mir würden Sie einen fleißigen, pünktlichen und teamfähigen Kollegen gewinnen, der aufgrund seines Alters Erfahrungen aus verschiedensten Bereichen in Ihr Unternehmen einbringen kann.*
Du liest dir das Dokument noch einmal durch. Dabei wird dir schlecht. Die Personalerin liest den Wisch sicher nicht durch. Sie sieht dein Foto auf dem Lebenslauf und legt die Bewerbung beiseite, weil du Falten hast und graues Haar. Du wirst schon wieder wütend. Diese ganze Scheißwelt macht dich wütend. Dir steht es bis zum Hals. Man sollte mal ehrlich sein. Die ganze Menschheit sollte ehrlicher sein. Sollen die Beamten dir die Wahrheit sagen: Du bist es nicht wert, wir wollen dich hier nicht, verschwinde von unserem Gebiet. Wir brauchen Leistungsträger, keine Leistungsempfänger, schleich dich! Und die Beraterinnen sollten sagen: Du bist zu dumm für diese Arbeit und zu behindert für die andere, am besten schließt du dich in deinem Haus ein und schaust, dass dich keiner dabei erwischt. Und die Personaler sollten sagen: Du bist zu alt und zu schwach, und niemand braucht dich, deine Arbeit macht eine Maschine besser, du hast in unserer Firma nichts zu suchen. Und du solltest auch endlich mal ehrlich sein. Aber damit wür-

dest du dir nur selbst Steine in den Weg legen. Eine Anzeige beim AMS wegen Jobvereitelung kannst du nicht gebrauchen.

11
Jonas und Marina Resch
Aufzeichnung vom 9. Mai 2019

Jonas Resch: Ich wusste nicht, dass Sie Kameras mitnehmen, ich dachte Sie seien von der Zeitung. Das wird eine Reportage fürs Fernsehen? Ich finde es gut, dass über den Gruber berichtet wird. Es geht schon los? Passt meine Frisur, Schatz? Ja, du siehst gut aus. Sollen wir uns auf die Couch setzen? Ja, wir rücken die Pflanze einfach zur Seite. Passt das? Ich finde es gut, dass Sie eine Reportage drehen. So was passiert nicht allzu oft. Irgendwie muss man den Verrückten da draußen erklären, dass solch ein Handeln nicht zielführend ist. Da stimmen Sie mir sicher zu! Es war ein Schock für uns. Ich habe nicht gedacht, dass er zu solchen Mitteln greifen würde.

Marina Resch: Wir kennen den Gruber eigentlich nicht.
Jonas Resch: Natürlich kenne ich ihn. Wir wohnen seit einem Jahr Seite an Seite.
Marina Resch: Wir sprechen doch kaum mit ihm.
Jonas Resch: Vor ein paar Tagen habe ich ein Bier mit ihm getrunken. Wir haben geredet.
Marina Resch: Du hast ein Bier mit ihm getrunken, aber du kennst ihn nicht. Glauben Sie mir, er kennt ihn nicht, er will sich nur wichtigmachen.
Jonas Resch: Woher willst *du* wissen, was ich mit ihm geredet habe! *Ich* habe letztens ein Bier mit ihm

getrunken, du warst nicht dabei. Also, er ist schon ein Fall für sich. Redet nicht viel. Schaut dich komisch von der Seite an. Ich hatte ständig das Gefühl, ich gehe ihm auf die Nerven.

Marina Resch: Was nichts Ungewöhnliches wäre. Du gehst schnell jemandem auf die Nerven.

Jonas Resch: Schau dich mal an, mit deinen verschränkten Armen vor der Brust und einem Blick, als wäre ich Angeklagter im Prozess deines Lebens.

Marina Resch: Er ist ein zurückgezogener Mensch. Man sieht ihn kaum, und wenn, ist er im Garten beschäftigt. Der Garten ist sein Ein und Alles. Er zieht gutes Gemüse. Das schmeckt noch nach etwas. Manchmal dreht er sich den Ambros auf, pfeift dazu und werkt in der Garage oder im Garten vor sich hin. Dass er freundlich ist, kann man so nicht sagen. Es geht eher in Richtung leben und leben lassen. Er hat sich nie beschwert über uns, und wir beschweren uns nicht über ihn. Warum er das getan hat, ist mir völlig schleierhaft.

Jonas Resch: Der Grund ist doch in der Zeitung gestanden.

Marina Resch: Das kann doch nicht sein. Wegen einer Arbeitsfähigkeitsuntersuchung macht man so was nicht. Das hätte ihm doch helfen können. Wenn rauskommt, dass du zu krank bist, um zu arbeiten, kannst du um Pension ansuchen. Da muss schon etwas anderes dahinterstehen.

Jonas Resch: Da kenne ich mich nicht aus. Aber wir haben geredet, als ich den Hasenstall abgeholt habe.

Und da kam er mir, wie soll ich sagen ... er ist ein bisschen verrückt.
Marina Resch: Er ist offensichtlich verrückt!
Wir haben ihn gefragt, ob er uns einen Hasenstall für Laras Geburtstag baut, als Geschenk. Das hat er auch, er ist schön geworden, schauen Sie, durchs Fenster sieht man ihn. Ja, können Sie gerne. Das Licht ist in circa einer Stunde am besten, da haben Sie dann direkten Sonnenschein darauf, das schaut ganz gut aus, denke ich. Ja, die Sonne kommt dann durch die Linde und scheint durch die Vergitterung, dann sind Schnuffi und Schnoffi auch zu sehen. Das kommt sicher gut in Ihrem Beitrag. Der Stall ist schön geworden, sicher, robust, das Wetter kann ihm nichts anhaben. Ich habe keine Bedenken, dass die Kleine da allein hinläuft, es ist saubere Arbeit, gut abgeschliffen, keine hervorstehenden Schrauben oder Späne. Er ist kein Tischler, keine Ahnung, was er gelernt hat. Aber er kann es ganz gut, ja. Keine Ahnung, er hat kein Geld gewollt. Jonas, was hast du ihm gegeben für den Hasenstall?
Jonas Resch: Er durfte den Holzüberschuss behalten, und ich habe ihm eine Kiste Bier besorgt. Ich weiß übrigens, was er gelernt hat. Fleischer war er. Hat aber lange auf dem Bau gearbeitet. Da schaust du, was? Ich kenne ihn doch ein bisschen. Er sagte mir, er sei jetzt in Pension. Eine Lüge, wie wir durch die Zeitungsberichte erfahren haben.
Marina Resch: Geschieden ist er, das hat mir Maria erzählt. Maria ist die andere direkte Nachbarin vom Gruber.

Jonas Resch: Da war doch diese Frau.
Marina Resch: Die Ex?
Jonas Resch: Nein, ich meine die andere, die mit den Hunden.
Marina Resch: Das war ein Gerücht, die waren nicht liiert.
Jonas Resch: Worüber wir beim Bier geredet haben? Na ja, wir hatten lose ausgemacht, dass ich den Hasenstall am Dienstag abhole. Aber am Dienstag ist mir etwas Wichtiges dazwischengekommen ...
Marina Resch: ... die Pokerrunde ...
Jonas Resch: Ist doch egal. Am Donnerstagabend habe ich dann bei ihm geklingelt. Es hat lang gedauert, bis er mir geöffnet hat, vielleicht hat er geschlafen. Er hat mich nicht begrüßt, hat gleich gefragt, warum ich erst jetzt komme. Ich habe mich förmlich entschuldigt und ihm die Kiste Bier über den Zaun gezeigt. Er hat geschnaubt. Hat sich herabgelassen, mir das Gartentor zu öffnen, und hat dabei geschimpft, wie ich den Stall in den Garten transportieren wolle mit nichts außer meinen Händen. Er führte mich in die Garage und hat mir den Stall gezeigt. Und Sie sehen ihn ja, er ist großartig geworden, ein echtes Schmuckstück, das hätte ich mir nicht erträumen wollen. Ich habe die Kiste Bier abgestellt, habe den Stall bewundert und den Gruber überschwänglich gelobt. Ich habe gesagt: Mit diesem Werkstück wirst du sogar meine Frau zufriedenstellen, und damit bist du das einzige Lebewesen auf dieser Erde, dass das je geschafft hat.
Marina Resch: Du bist solch ein Trottel!

Jonas Resch: Ich sage die Wahrheit!
Marina Resch: Jetzt ist sie wach. Gehst du, Jonas?
Jonas Resch: Ich bin mitten in einer Geschichte!
Marina Resch: Wieso frage ich überhaupt!
Jonas Resch: Sie müssen sie entschuldigen. Seit ein paar Wochen arbeitet sie wieder, nur Teilzeit, aber seitdem ist sie etwas gestresst. Ich helfe ihr, wo ich kann, es ist aber schwer, sie zufriedenzustellen. Hätte ich gewusst, dass diese Frau sich mit einem Kind in ein zeterndes und jammerndes Monster verwandelt, wäre ich lieber Single geblieben. Aber zurück zu Gruber, wegen ihm sind Sie da. Ich habe mich interessiert an der Arbeit gezeigt, fragte ihn ein paar Dinge, Sie wissen, wie das ist, Handwerker sprechen gerne über ihre Arbeit. Der Gruber aber war schwer zugänglich. Ich musste mir selbst ein Bier nehmen, habe ihm auch eines geöffnet. Habe ihm dann ein bisschen was über mich und uns erzählt, versucht, das Eis zu brechen. Dass es schwer sei mit Kind, dass das Geld hinten und vorne nicht reiche, dass es schwer sei, einen Nachmittagskindergartenplatz zu bekommen und so weiter. Er brummte dann und wann. Es wirkte, als interessiere ihn mein Geplapper nicht, er hat währenddessen die Garage aufgeräumt. Als habe er keinen Bezug zu dem, was ich ihm erzählte. Jedes Wort prallte an ihm ab. Ich erzählte ihm von meiner Arbeit, vom Stress im Büro, der Unterbesetzung, den vielen Überstunden. Ich bin technischer Zeichner, plane Einfamilienhäuser. Ich erzählte ihm, dass ich viel von meiner Tochter verpasse, weil ich so viel arbeite. Dass ich gerne mehr Zeit

zu Hause verbringen möchte, aber die Finanzen das nicht zulassen. Da blieb er mitten in einem Handgriff stehen und schaute mich abwägend an. Als würde er etwas sagen wollen, sich aber sofort dagegen entscheiden. Sein Blick war verurteilend. Von oben herab. Als sei er etwas Besseres oder als habe er etwas verstanden, was ich nie verstehen werde. Ich fragte ihn, ob er Kinder habe. Hat er. Einen erwachsenen Sohn. Wie es ihm damals erging, als er klein war, fragte ich ihn. Ob er die Zeit mit seinem Sohn genießen konnte. Da stellte er kurzerhand das Bier ab und befahl, den Stall in unseren Garten zu schaffen. Er wollte mich loswerden, das war klar.

Na, wer ist denn da! Guten Morgen, junge Dame!

Marina Resch: Wink mal in die Kamera, Schatz! Das sind Leute vom Fernsehen. Jetzt bist du bald berühmt! Früh übt sich ...

Jonas Resch: Sie hat schon ein Fernsehgesicht, was? Lächeln, Liebes, lächle mal! Und winken, ja, gut machst du das! Da bleibt der Erfolg nicht lange aus!

Marina Resch: Nimm du sie.

Jonas Resch: Schon gut. Wollen Sie was trinken? Wir haben Sie gar nicht gefragt! Kaffee, Tee, Bier? Marina, machst du ihnen einen Kaffee?

Marina Resch: Wie wäre es, wenn du das übernimmst, Jonas?

Jonas Resch: Würde ich, aber ich habe Lara!

Marina Resch: Weißt du, man kann einen Kaffee auch mit einer Hand zubereiten. Man muss nur ein Knöpfchen drücken. Kannst du das? Schaffst du das?

Jonas Resch: Die Mama hat wieder eine Laune heute, was, Liebes! Dann machen eben wir beide den Kaffee, ja? Magst du das Knöpfchen drücken?
Marina Resch: Es ist zum Kotzen. Kaum bekommt eine Frau ein Kind, wird sie in Gleichberechtigungsthemen zweitausend Jahre in die Vergangenheit versetzt. Ich koche, putze, betreue Lara *und* arbeite, und er ruht sich auf seinen vier Buchstaben aus, weil *er* ja so viel arbeiten muss. Ist das in allen Familien so? Darüber sollten Sie eine Doku drehen! Vielleicht streiken die Frauen dann endlich.
Sprechen wir über den Gruber. Arm? Arm war er sicher.
Jonas Resch: Arm war er nicht. Er hatte kein Auto, aber die besten Gartengeräte. Hilfst du mir mal, den Kaffee auszuteilen?
Marina Resch: Die Geräte waren uralt. Qualität, aber uralt, der war sicher arm.
Jonas Resch: Wie arm kann man sein, wenn man ein Haus besitzt. Hilf mir mal bitte!
Marina Resch: Na, so wie wir.
Jonas Resch: Uns gehört das Haus nicht. Es gehört der Bank. Das ist ein grober Unterschied. Na toll, jetzt hast du ihn umgeworfen, Lara! Maria, jetzt komm bitte und hilf mir mal!
Marina Resch: Das war ein grober Fehler. Jetzt haben wir Schulden, und ich sitze in der Falle. Und du schaffst es nicht mal, Kaffee herzurichten!
Jonas Resch: Mach jetzt nicht dieses Thema auf, bitte!
Marina Resch: Aber es stimmt! Ich werde mich nie von dir trennen können, weil es mein wirtschaftlicher

Untergang wäre! Kapitalismus und Patriarchat gehen Hand in Hand! Das System ist noch immer darauf aufgebaut, dass der Mann arbeitet und die Frau sich ums Kind kümmert und sich wirtschaftlich abhängig macht. Diese Gesellschaft kann sich die Arbeit von Müttern nicht leisten. Und wir Frauen sind trotzdem so dumm und managen alles. Wetten, das war beim Gruber auch so!

Jonas Resch: Das wissen wir doch gar nicht. Der Gruber ist sicher traditionell sozialisiert. Da bedeutet es etwas, seine Frau zu verlieren. Maria hat erzählt, das hat ihn aus der Bahn geworfen. Ist schon länger her, da haben wir hier noch nicht gewohnt. Wir wohnen erst seit circa einem Jahr hier. Haben das alte Haus gekauft und komplett saniert und umgebaut. Auf der Wiese dahinten werden Wohnungen gebaut werden, und die angrenzende Wiese wird zum Gewerbegebiet umgewidmet. Wenn wir Glück haben, gibt es hier bald eine Schule! Der Gruber hat sich von der Scheidung wohl nie erholt. Heute ist das anders. Jeder ist für sich selbst verantwortlich. Wenn es nicht passt, passt es nicht, und man geht einfach. Man steht sich selbst immer am nächsten.

Schau nicht so. Stimmt doch! Mit mir hast du es doch gut getroffen! Ich helfe dir mit Lara, wo ich kann!

Marina Resch: Den Hasenstall habe ich beim Gruber in Auftrag gegeben. Die Einladungen fürs Fest hatte ich auf dem Schirm, wer welche Allergien hat von den eingeladenen Kindern habe auch ich auf dem Schirm. Ich habe an die Deko gedacht und sie organisiert und am

Nachmittag die Eltern verköstigt, den Kuchen für den Kindergarten gebacken und den fürs Fest. Ich denke an alles und du an nichts, du machst auf Klamauk und Unterhalter, während ich jeden Scheiß organisiere.

Jonas Resch: Du reißt ja auch alles an dich! Bist mit nichts zufrieden, was ich tue! Als würdest du mich ihren Geburtstag organisieren lassen!

Marina Resch: Ach, leck mich doch am Arsch.

…

Jonas Resch: Entschuldigung. Das war nicht nötig. Sie sind wegen Gruber da. Na ja. Er war seltsam, hat gelitten. Hat nicht viel geredet.

Marina Resch: Ich kann das nicht mehr. Tut mir leid, Sie müssen jetzt gehen. Oder ich gehe …

Jonas Resch: Jetzt reiß dich zusammen. Die Leute machen doch auch nur ihre Arbeit! Es geht doch gar nicht um uns! Jetzt lauf nicht davon! Dann nimm Lara wenigstens mit!

…

Ich muss mich für sie entschuldigen. Sie ist überarbeitet. Sind wir beide. Ein Kind ist eine Aufgabe. Haben Sie welche? Dann kennen Sie das ja.

Sie wiegt unsere Anstrengungen gegeneinander auf, Sie wissen, was ich meine, das tut jede. Egal, wie viel man sich engagiert. Kümmere ich mich um Lara, ist es nicht recht, und gehe ich arbeiten, ist es auch nicht recht. Frauen eben. Die können einen fertigmachen.

Ich kann mir vorstellen, dass er enttäuscht war. Er war schon lange arbeitslos, in dem Alter bekommt man ja

schwer einen Job. Einen Unfall hatte er auch irgendwann, das ist schon lange her. Und danach hat ihn die Frau verlassen. Das ist … ich meine, es heißt doch: in guten und in schlechten Zeiten. Und dann verlässt sie ihn nach einem Unfall!
Der Gruber sah mich so komisch von der Seite her an. Als würde ich schon noch herausfinden, wie scheiße mein Leben ist. Als würde ich auch irgendwann an diesem Punkt ankommen in meinem Leben, an dem ich so etwas mache wie er. Bei ihm ist schon gewaltig etwas schiefgelaufen, oder? Diese Aggression kann man sich doch nicht erklären. So viel kann gar nicht passieren, dass ich zu solchen Mitteln greifen würde. Ich fände es schon etwas unfair, wenn er bekommt, was er sich erhofft hat. Ich glaube, der hat nicht gewusst, was er tut. Vorübergehend unzurechnungsfähig. Ich hoffe, er bekommt eine Strafe. Schlussendlich bleiben wir auf den Kosten sitzen, ist es nicht so?

12
Efficient Solution

Sie sind zu spät! Natürlich fahren hier Öffentliche. Es gibt doch diese App. Kein Smartphone? Dass es so etwas gibt! Keine Stahlkappenschuhe? Keine Arbeitsmontur? Hätte man sich denken können, oder? Die Jacke ist nicht geeignet, um zu arbeiten, die Schnüre hier oben, der Gummizug. In Jeans und Pullover wird es gehen. Bitte dieses Formular ausfüllen. Beim AMS gemeldet? Sind Förderungen möglich? Sie haben das Alter. Es wäre gut, wenn das abgeklärt wäre. Die Schicht fängt in zehn Minuten an, hört um vierzehn Uhr auf. Die Halle befindet sich rechts durch den Gang, hinten links in den Quergang, über der Tür steht Halle C. Nein, Rauchpausen sind nicht gestattet, nur zu den regulären Pausenzeiten. Der Vorarbeiter wird in die Details einführen. Das bitte unterschreiben. Es zählt die Leistung bei den Probearbeiten, danach erfolgt das Einstellungsgespräch. Bereit, noch zwei, drei weitere Tage zu kommen? Probearbeit, ja. Nein, nicht bezahlt. Das wird den Chef freuen. Bei Einstellung erfolgt das über den Personalbereitsteller. Es handelt sich um Dreischichtdienst. Sechs bis vierzehn Uhr, vierzehn Uhr bis zweiundzwanzig Uhr, zweiundzwanzig Uhr bis sechs Uhr. Nein, eine Zweierschicht ist nicht möglich, bei Nachtschicht wird eine Zulage ausgezahlt. Das ist grundsätzlich mit der Leasingfirma zu klären. Überstunden sind all-in.

Das Gehalt ist mit der Leasingfirma zu besprechen. Da hinten steht ein Automat. Nein, der Kaffee ist zu bezahlen. Auch bei fixer Anstellung, ja. Rechts in den Gang, dann links, Halle C, bei Herrn Sikora melden. Ebenfalls.

Die Halle ist riesig. Die Maschinen rumoren, wetzen, klopfen, hämmern, rauschen und krächzen. Jeder Vorgang, jeder Handgriff von jeder Maschine, von jedem Arbeiter ist hörbar, zuerst da, wo er erzeugt wird, dann an der Wand an der Front, dann an der Rückwand, dann scheppert er wider vom geschlossenen Tor. Du wirst eingewässert in eine Geräuschesuppe, schön eingetunkt das harte Brot, um mürbe zu werden, weich, fügsam, verdaulich. Dumpfes Wabern und Klopfen und Wetzen von jeder Seite der Halle dringt an deine Ohrmuscheln. In dir das aufgeladene Blut, Noradrenalin, Adrenalin und Cortisol kriechen mit dem Blut in jedes Organ und hinauf in den Nacken, überwinden die Blut-Hirn-Schranke und lösen ein leises Kribbeln in den Schläfen aus. Du kennst dieses Kribbeln, es wird kein Kribbeln bleiben, es wird zu Verspannungen ausarten und in der Folge zu Kopfschmerz führen. Es gibt keinen Moment, in dem du dir denkst, das ist schaffbar, hier werde ich arbeiten die nächsten Tage, Wochen, Monate, es entsteht in deinem Gehirn kein Gedanke daran, sich an diesen Lärm anpassen zu wollen, es gibt nichts, was dich davon überzeugt, hier mehr Zeit zu verbringen als notwendig. Aber andere bestimmen, was notwendig ist, um die

Unterschrift zu erhalten, weiterhin zu Hause bleiben zu dürfen. Du fühlst dich gepanzert, folgst in scheppernder Rüstung Sikora, der dich von oben bis unten mustert. Er reicht dir Arbeitshandschuhe.

Jacke ausziehen! An den Maschinen stehen die Maschinenführer. Sie kontrollieren und justieren, und wenn der Alarm losgeht, reparieren sie. Das ist nicht deine Aufgabe. Es gibt interne Schulungsprogramme zum Maschinenführer. Wenn man sich bewährt, landet man auf der Ausbildungsliste. Dann wirst du von der Firma übernommen. Bist du Maschinenführer, bist du wertvoll, heißt: Gehaltserhöhung. Jede Maschine hat ihre Eigenheiten. Diese hier zum Beispiel: Die muss öfter als andere geölt werden. Wenn du Maschinenführer bist, kennst du deine Maschine genau. Dann bist du wertvoll für die Firma und wirst übernommen, das bedeutet: Kündigungsfrist. Ich weiß nicht, ob das für dich in Frage kommt. Warst du schon einmal in der Verpackung? Produktion? Wie alt bist du? Was hast du gelernt? Na, dann wohl eher nicht. Ich würde mir an deiner Stelle keine Hoffnungen machen, die konzentrieren sich auf die Jungen.

Dir wird die erste Maschine gezeigt, ein paar Worte dazu verloren. Du merkst gleich, das ist nicht deine Aufgabe heute, du hörst nicht zu. Dir wird die zweite Maschine gezeigt, auch nicht deine. Sikora scheint stolz zu sein auf das Maschinenzeug, zumindest hörst du Bewunderung in seinem Ton, oder Ehrfurcht, irgendetwas lässt ihn innerlich wachsen, er spricht und deutet, hebt Dinge, legt sie wieder weg, erklärt, insistiert, mustert dich, versucht eine Bestätigung in deinem Gesicht zu finden, dass du verstanden hast. Als wäre das alles seines, als habe er erschaffen, was du mit dem Blick streifst und dir den Buckel runterrutschen kann. Dir wird die dritte Maschine gezeigt, Leute vorgestellt. Ein paar Meter weiter findest du heute deinen Platz.

Du stehst hier und verpackst diese Dosen in diese Kisten. Den Karton musst du zuerst zur Schachtel falten. Du nimmst dir einen, drückst an die Kanten. Schau her! Hier drückst du an den Kanten die Schachtel auf. Drehst sie dabei. Dann drückst du in dieser Reihenfolge die Bodenklappen hinein. Eins, zwei, drei, vier, runterdrücken. Verstanden? Da kommen dann die Öl-Dosen rein. Neun davon. So. Dann die Klappen zu, einhaken, so. Etikettiermaschine anheben an diesem Hebel hier und die Schachtel durchdrücken. Auf der anderen Seite sammeln sich die, du kannst hier weitermachen, bis die Ablage hinten voll ist. Sobald sie voll ist, gehst du nach hinten und hebst sie auf die Palette. Wichtig: du kontrollierst dabei das Etikett. Schlägt es Falten, ist es schief, hält es nicht - aussortieren, abnehmen und neues rauf. Du sammelst die Kisten auf dieser Palette, fünf mal vier, fünf Schichten. Mit dem Handstapler fährst du die dann dort zu den Lagerregalen, folierst die Palette ein. Wie am Flughafen den Koffer. Du hast noch nie einen Koffer foliert? Du

wickelst die Folie einfach rundherum und oben drüber, das befestigt die Kisten auf der Palette. Du stellst die Palette dann in diese Ecke. Kennst dich aus? Mach mal!
Karton nehmen.
An den Kanten eindrücken.
Ruhig mit Schmackes.
Noch mal, kräftiger.
Klappen einfalten.
Das muss schneller gehen, wir sind hier nicht im Altersheim.
Umdrehen.
Dose rein.
Dose rein.
Dose rein.
Nimm beide Hände. Mit beiden Händen zwei Dosen, dann geht es schneller.
Die Arbeitsfläche stellst du hier höher. Mehr geht nicht. Das geht in den Rücken, ja. Hier, an diesem Hebel. Da geht nicht mehr viel. Mach weiter.
Zwei mal zwei Dosen nehmen. Reinstecken. Noch zwei.
Klappen runterdrücken. Verhaken.
Jetzt den Hebel hochziehen. Ja, so.
Und jetzt die Kiste reinschieben. Vorsicht mit den Fingern, die Kiste wird eingezogen.
Siehst du, mit diesem Klebeband wird die Kiste verschlossen, dort drüben klebt sich das Etikett darauf.
Wenn die Bänder leer sind, musst du neue einspannen.
Die liegen dort. Das zeig ich dir später.
Gut. Die nächste.

Karton vom Stapel nehmen.
An den Kanten drücken.
Klappen einfalten.
Mach es in dieser Reihenfolge: eins, zwei, drei, vier.
Mit beiden Händen jeweils zwei Dosen nehmen, reinstecken.
Mit beiden Händen jeweils zwei Dosen nehmen, reinstecken.
Kein Platz. Zwei Dosen abstellen. In der Kiste sortieren.
Du sparst Zeit, wenn du die ersten vier schon richtig anordnest.
Zwei Dosen reinstellen.
Zwei Dosen reinstellen, noch eine.
Klappen zu.
Hebel anheben, reinstecken, reinziehen lassen.
Okay. Das muss schneller gehen, aber für den Anfang ganz gut. Irgendwann stellt sich der Automatismus ein, denken musst du dann nicht mehr, nur noch tun, wirst sehen.

Alles in dir widerstrebt dem, was du tust. Jeden Handgriff führst du aus gegen deine innere Natur. Das läuft alles wider deine Bestimmung, du spürst es in jedem Muskel, jeder Sehne und abends wahrscheinlich in den Knochen. Und dieser Blick, dieser prüfende Blick von Sikora und wie er die Mundwinkel verzieht, die Stirn kräuselt, eingreift, wenn du einen Fehler machst. Du fühlst dich klein wie ein Kind, dem man tausendfach erklären muss. Er steht da mit den Händen in den Hüften, die Arbeitshandschuhe wirken wie Pranken, er nickt, dann schüttelt er den Kopf. Am liebsten hättest du, das wäre ein Fiebertraum, aber das ist pure Realität, du spürst sie als Widerstand in deinem Bewegungsapparat, der sich einlaufen muss, warm werden muss, sich angleichen muss an das Werkzeug, das dir zur Verfügung steht, das du beherrschen solltest, jetzt gleich unter diesem wachsamen Blick, der dich als geeignet oder ungeeignet wahrnimmt. Der bestimmen wird, ob du als Werkzeug, das Werkzeuge bedient, taugst.

Nun musst du die Palette fixieren. Hier ist der Stretchfolienspender. Die Stretchfolie findest du in Gang 3, Regal 6, wenn du eine weitere brauchst. Hier oben aufschrauben, herauskippen, Rolle abziehen, da hinten kannst du den Müll entsorgen. Neue Folie ansetzen, einklappen, oben festschrauben, und schon geht es weiter. Du klemmst die Folie zwischen zwei Kisten ein. Oder unten an der Palette, an der Ecke, die dehnt sich und bleibt hängen. Mit dem Spender dann rundherumlaufen, unten die Palette muss mit in die Folienschicht eingefasst werden. Nicht zu weit unten, sonst kommst du mit dem Stapler nicht mehr unter die Palette. Ein paar Zentimeter. Ja, und jetzt lauf deine Runden. Na, ein bisschen schneller wird das schon gehen, oder? Schwindelig wird dir? Soll ich dir eine Folienassistenz einstellen, oder was? So wird das nichts. Rundherum, die Folie bleibt kleben, du musst sie nicht extra fixieren. Jetzt verschiebe sie mit dem Handstapler an die nächste Station, dort vorne am Tor. Noch nie einen Handstapler bedient? Hier ist der Senkhebel, mit dem Deichselschlag kannst du die Gabel anheben. Fahren wie mit einem Kinderwagen, das wirst du schon einmal gemacht haben, oder? Also: senken mit dem Hebel hier, unter die Palette manövrieren, mit der Deichsel anheben, nur ein paar Zentimeter. Nicht so zackig. Da vorne zur Station, langsam. Hier wird die Palette geparkt. Dann eine neue Palette holen, dort hinten! Wieder zu deiner Station, und alles von vorne. Jetzt weißt du alles. Ich muss auch mal was tun, mach du mal, ich komm später und schau nach dir.

Nun bist du allein, schnaufst einmal durch. Diese Blicke. Dieses Geprüftwerden. Dieses Beurteiltwerden. Abschätzendes, abschätziges Begutachtetwerden. Dieser Sikora-Blick ist wie ein Bleituch, das sich über deine Schulter legt und dich durch sein Gewicht langsam, aber stetig zermürbt. Nun musst du dich strecken. Rollst die Schultern, streckst den einen Arm nach oben, dann den anderen. Fährst dir durchs Haar. Was tust du hier? Was willst du hier eigentlich? Du bist nur für die Unterschrift gekommen, für sonst nichts. Alle tun, als ob es hier um etwas ginge. Als würdest du wirklich arbeiten wollen, als würden die dich wirklich einstellen wollen. Gratisarbeiter brauchen die. Und was du machst, bekommt wirklich jeder Hirntote zusammen. Das ist eine Farce. Als würdest du, als würden hier alle, als würde Sikora nicht wissen, wie das ausgehen wird. Du wirst hier drei Tage gearbeitet haben, dann wird Sikora der Personalerin sagen, du seist ungeeignet, dann wird sie den Wisch unterschreiben. Vierundzwanzig Stunden wirst du hier verplempert haben, ohne einen Cent dafür zu sehen. Der Wisch ist dein Lohn, ausgestellt von der Wirtschaft: unbrauchbar. Du schaust auf den Stapel Kartons, die du zu Schachteln falten sollst, und denkst, du hast dir jetzt eine Pause verdient. Nach diesen Blicken, den Anweisungen, dem Einordnen, Stapeln und Folieren. Zeit für eine Zigarette. Du ziehst dir die Jacke über, dir ist schon eine Weile recht kalt. Denkst, vor dem Tor an der frischen Luft ist sicher ein Raucherplatz. Du gehst hindurch, findest keinen Aschenbecher, nur geparkte Stapler, Paletten, voll und leer. In der Packung Marlboro sind nur noch vier Zigaretten. Du hättest dir eine weitere mitnehmen sollen, aber du musst sparen. Eine zündest du dir an. Nimmst einen tiefen Zug. Im Hals kratzt es. Du hustest das Kratzen weg. Nun röchelst du. Hustest das Röcheln aus der Lunge. Bekommst einen Hustenanfall. Als würde ein Lungenflügel sich aus dir heraushusten wollen. Du spuckst den locker gewordenen Schleim auf den Boden. Ein weiterer Zug betäubt den Reiz. Die Arbeit ist nicht schwer, auch nicht zu einfach. Irgendwann kommt sicher dieser Automatismus, von dem Sikora gesprochen hat. Sikora kommt durch das Tor. Wieso kommt der gerade jetzt? Sind hier Kameras installiert? Du wirst beobachtet. Als Probearbeiter wird man immer beobachtet, aber die Kameras sind eine neue Dimension für dich. Du bist dir sicher, sonst würde Sikora nicht gerade jetzt um die Ecke kommen.

Pause gibt es erst um zehn! Auf die wirst du verzichten. Hereinspaziert, der Herr, hier wird nicht gefaulenzt. Und die Tschick klaubst du schnell wieder auf! Mit sonderlich viel Intelligenz bist du nicht gesegnet, was? Machst bei den Probearbeiten einen auf Lenz! Jetzt gibst du Gas, sag ich dir, sonst wird das nichts mit dem Job! Die Jacke ausziehen!

Du tust, was er sagt. Du hast keine Wahl. Die Unterschrift ist unerlässlich, du tust, was du tun musst, um sie zu bekommen. Aber eigentlich geht es nicht um die Unterschrift, es geht um den Haken in einem bestimmten Kästchen, nämlich dem, das dir bescheinigt, dass du den Bewerbungsprozess absolviert hast und als nicht geeignet wahrgenommen wirst. Das Häkchen darf auf keinen Fall in dem Kästchen gesetzt werden, das dir bescheinigt, du hättest den Bewerbungsprozess sabotiert. Kristina wurde einmal ein Haken in dieses Kästchen gesetzt, weil sie es wagte, ums Gehalt zu verhandeln. Im Bewerbungsprozess darfst du nicht aufmucken, in keiner Weise auffallen, du musst dich bemühen, sonst wirst du vom Bezug gesperrt. Außerdem brauchst du den Job. Damit der Herzog junior II nicht dein Haus bekommt. Die nächsten sechs Stunden faltest du Kartons, packst Dosen hinein, sammelst sie auf der Palette, folierst und fährst mit dem Handstapler durch die Halle.

Dein Rücken tut dir zunehmend weh, du hustest, hustest die Grippe aus der Lunge und ziehst sie dir über die feuchtkalte Luft wieder zu. Die Konzentration gilt den Handgriffen, nach zwei Stunden sitzen sie, nach drei Stunden bist du schnell, glaubst du. Du wagst keinen Blick nach oben, keinen Blick zur Seite, keine Pause, kein Durchschnaufen, denn überall sind Kameras installiert und Sikora und die anderen Arbeiter werfen prüfende Blicke auf dich, deinen alten Körper, dein grimmiges Gesicht, deine Handgriffe, deinen Arbeitswillen, deine Arbeitskraft. Du darfst nicht auffallen als Verweigerer, deswegen verweigerst du nicht, du lässt dich zum Werkzeug machen von diesem Ort, diesen Arbeitern, dieser Wirtschaft, die bestimmt, ob du Wert hast oder nicht. In der Mittagspause holst du dir für sechzig Cent einen Kaffee aus dem Automaten, dann einen Blutorangentee, du rauchst deine drei verbleibenden Zigaretten und unterhältst dich kurz mit jemandem, der ebenso *schnuppert.* Du fragst, von wem er geschickt wurde, er antwortet, er bewerbe sich um einen Vorarbeiterjob, denn die aktuelle Firma werde wohl in den Konkurs schlittern, der Buschfunk in den Abteilungen mache das klar, die Aufträge blieben aus, es seien bereits einige gefeuert worden, er kümmere sich lieber gleich um sich selbst. Urlaub habe er sich genommen, um hier Probe zu arbeiten, und du denkst: Selbst schuld. Dein Magen brummt in diesem Moment vor Hunger, du siehst dich um und entdeckst einen weiteren Automaten am anderen Ende des Pausenraums, du deutest darauf und entschuldigst dich damit bei deinem Schnupperpartner der tausendfach mehr Chancen auf einen Job hat als du. Er dreht sich zu einer Gruppe um, die über Politik und Wirtschaft fachsimpelt, die Wirtschaft gehe den Bach runter, die Politik sei schuld, es zahle sich nicht mehr aus zu arbeiten. Die einen meinen, der Lohn sei zu gering, die anderen meinen, die Sozialabgaben zu hoch, weitere glauben, die Schmarotzer höhlen den Sozialstaat aus, die anderen denken, die Pensionen sind zu hoch, und du stehst vor dem Automaten und kannst wählen zwischen Kornspitz, Bagel und Semmel mit Schinken, Extrawurst und Käse, Red Bull, Coca Cola und Orangensaft, und alles kostet mehr, als du an Budget für heute eingeplant hast. Du drehst um und schnorrst dir lieber noch eine Zigarette.

Wenn du eine Chance auf den Job haben willst, musst du schneller werden. Eine Palette in zwanzig Minuten. Bleibst du morgen darüber, wirst du nicht eingestellt. Morgen erscheinst du pünktlich! In der Halle um sechs Uhr, auf die Sekunde, und komm in Arbeitsmontur! Hast dich verkühlt, was? Bist du morgen nicht da, kriegst du den Job sicher nicht. Ich schau mir dich noch einmal an, vielleicht kapierst du nur langsam. Gibt ein paar gute Arbeiter, die das Nachdenken blockiert. Scheinst kein Denker zu sein, vielleicht zeigt sich der Automatismus bald. Willst du den Job, oder nicht? Dann würde ich keine großen Sprüche klopfen! Dem Unternehmen hast du heute einiges gekostet, wir sind im Verzug wegen dir.

13
Beschwerde

Sehr geehrter Leiter des AMS Mag. Baumgartner!
Sehr geehrter Landeshauptmann Stolz!

Aufgrund aktueller persönlicher Situation wende ich mich an Sie mit dem Hinweis einiger Ungereimtheiten in der Umsetzung des Gesetzes zur Mindestsicherung beziehungsweise bald wieder umbenannten Sozialhilfe aus meiner persönlichen Erfahrung im Bezirk. Die Sozialhilfebezieher haben laut Gesetzestext die Bemühungspflicht, sich aus der sozialen Notlage zu befreien. Ich möchte hier etwas klarstellen: Ich habe keine soziale Notlage. Ich habe eine finanzielle Notlage. Gerade erst habe ich zum wiederholten Male eine Schnupperarbeit/Probearbeit absolviert und wurde nicht eingestellt. Wenn ich ein Problem habe, dann ist es die Unwilligkeit von profitorientierten Unternehmen, Arbeitskräfte einzustellen, die nicht wie ein Roboter funktionieren und die nicht durch mechanische Verbesserung der Komponenten und durch zeitweises Ölen in ihrer Effizienz gesteigert werden können.
Ich habe keine Begründung für eine Absage erhalten, ich gehe davon aus, dass ich aufgrund meines Alters, meiner Konstitution und meiner ineffizienten Herangehensweise an die stupide Tätigkeit, Öldosen zu verpacken, den Job nicht bekam. Dazu testete mich

die Firma drei Tage! Als hätten die nicht von der ersten Minute an bewerten können, ob ich mich für die Arbeit eigne!

Ich gehe stark davon aus, dass die Firma einen Mitarbeitermangel im Bereich Hilfstätigkeiten hat und die Probearbeiten dafür nutzt, fehlende Arbeiter zumindest zeitweise zu überbrücken. Ich verlange eine Untersuchung, wie viel Steuern, Sozialabgaben und Lohnzahlungen sich diverse Firmen wie die Efficient Solutions GmbH jährlich durch übertrieben langes Probearbeiten, sowie die neueste Form der Arbeitslosengeißelung: Arbeitstrainings, ersparen, die übrigens für die Firmen vollkommen kostenlos sind!

Zum Thema Arbeitstrainings, die ich früher bereits absolviert habe und mir erneut angeboten worden sind vom AMS-Berater: Ist Ihnen bewusst, dass diese Konstruktion es ermöglicht, Arbeitslose unter Mindestlohn geregelt im jeweiligen Kollektivvertrag zu bezahlen? Durch die Betitelung *Training*! Die Trainingsteilnehmer machen dieselben Arbeiten wie normal Angestellte in diesen Firmen, aber vollkommen kostenlos für die Firma (da das AMS sie bezahlt) sowie völlig unter Wert! Ist Ihnen bewusst, dass dies eine den Arbeitsmarkt verfälschende, verfassungswidrige Maßnahme darstellt! Ist Ihnen bewusst, dass hier eine neue Generation des Sklaventums entsteht, indem Menschen sich zu keiner Zeit gegen die Arbeitstrainings aussprechen dürfen, diese nicht ablehnen dürfen, da sie sonst vom Geldbezug gesperrt werden? Das ist ein vom AMS ausgehendes Zwangsaktivie-

rungs-, ein Arbeitszwangsregime, das Sie mittragen, ist Ihnen das bewusst?
Was ist mit Menschen wie mir, denen es aufgrund ihrer Leiden nicht möglich ist, diese Verpflichtungen zu erfüllen? Wie können Sie Sanktionen unter dem Existenzminimum befürworten? Sollen wir aufgrund von der Sperre vom Arbeitslosengeldbezug und/oder vom Mindestsicherungsbezug verhungern? Unsere Wohnungen und Häuser verlieren? Sollen wir Ihrer Meinung nach jegliche unterbezahlte und gesundheitsschädliche Arbeit annehmen, unser Recht auf Selbstbestimmung aufgeben und uns dem neoliberalen Arbeitszwang hingeben? Arbeitslose haben Menschenrechte! Kranke haben Menschenrechte! Hier gilt es auch zu beachten, dass jeder Kranke das Recht auf Selbstbestimmung bei der Wahl der Therapie hat! Zwangsrehabilitationsmaßnahmen sind gang und gäbe! Man beachte, dass Hr. Ing. Alois Hochgatterer, wie mir zu Ohren gekommen ist, aufgrund der Zuerkennung eines Rehabilitationsjahres von der Pensionsversicherungsanstalt zum Besuch einer Psychotherapie gezwungen sowie zum Aufenthalt in einer psychischen Rehaklinik verpflichtet wird. Er muss sein Umfeld für sechs Wochen mindestens verlassen!
Ich insistiere, die Vorgangsweise des Arbeitsmarktservices, des Beruflichen Bildungs- und Rehabilitationszentrums sowie der Pensionsversicherungsanstalt auf ihre Vereinbarkeit mit der europäischen Menschenrechtskonvention zu prüfen! Der Aushöh-

lung der Rechte von Arbeitslosen wird der rote Teppich ausgerollt! Das ist strikt zu verurteilen!

Mit wenig freundlichen Grüßen
Manfred Gruber

Montag, der 22. April

14
Du

Am vierten Montag im April wachst du zeitig auf. Das zeitige Aufwachen ist normal. Diesmal jedoch bleibst du liegen. Wie die Tage zuvor. Wieso, das weißt du nicht genau. Die Blase drückt. Der Gedanke, das Bett zu verlassen, ist unangenehmer. Du schlägst die Augen auf und starrst an die Decke. In der Holzvertäfelung findest du Risse in den Brettern von Sommern und Wintern, in denen sich das Holz ausdehnte und zusammenzog. Das Haus ist alt, dein Körper ist alt. Dein Körper hat sich über die Jahre ebenfalls ausgedehnt und wieder zusammengezogen, du fühlst die Risse in deiner Hülle, die Aushöhlungen im Fleisch. Oft hast du dich gefragt, ob der Mensch ein soziales Insekt ist. Die Dokumentation auf Servus TV hat dich auf diese wahnwitzige Idee gebracht. Der Mensch könnte dieselbe Organisationsform wie die Termiten, die Ameisen, die Bienen aufweisen, ohne darüber Bewusstsein zu haben. Die Vorstellung, alle Individuen seien einem Zweck unterworfen, der Sinn deines Daseins sei untergeordnet einem hierarchisch höheren Wesen, der Königin, macht die Struktur der Menschenart plausibel. Arbeit als dienen an einer Obrigkeit. Die Funktion als Bestimmung. Ob das Insekt Bewusstsein hat? Ob Ameisen sich nach Ausdruck ihrer Individualität sehnen?
Etwas treibt dich aus dem Bett, und etwas anderes

drückt dich hinein. Diese gegeneinanderarbeitenden Kräfte ermüden dich. Es ist anstrengend, sich selbst auszuhalten. Es ist beschwerlich, im Bett zu liegen, es ist mühsam, aus dem Bett hinauszusteigen. Für dich fühlt es sich an, als würde jede Entscheidung und jedes Handeln nach einer Entscheidung zu einem noch größeren Desaster heranwachsen als jenes, in dem du ohnehin steckst. Du nimmst dir eine Zigarette aus der Packung, die auf deinem Nachttisch liegt, und zündest sie dir an. Es ist die letzte Packung. Durch die Krankheit hast du weniger geraucht als sonst, war sie also zu etwas nutze. Als du dich zur Seite neigst, spürst du deinen Zeh. Sogar die weiche Bettdecke, die sanft über den Nagel streift, verursacht brennendes Pochen bis zum Zehengelenk. Du fluchst, und deine Stirn legt sich in Falten. Außerdem verlierst du einen Tropfen Urin. Es ist dir egal. Dieses Bett stinkt ohnehin, ein Glück, dass der Geruchsinn adaptiert. Du bläst den Rauch in die Luft, er kräuselt sich in der grauen Dämmerung und zieht Schwaden, in denen du den Staub der Jahre erkennst. Ein dumpfes Gefühl des Müssens erfasst dich. Irgendetwas musst du, das ist dir klar, aber du erinnerst dich nicht, was. Das Wetter soll weiterhin schlecht sein, jäten, umgraben, setzen sind nicht möglich, obwohl es an der Zeit wäre. Den Hasenstall hast du letzte Woche bereits fertiggestellt, die Ablenkung tat dir gut, das Arbeiten mit Holz lenkte dich ab. Vom summenden Kühlschrank, vom leeren Bankkonto, von deinem fehlerhaften Ich. Als Laras Vater ihn mit dir in deren Garten trug, erläuterte er

dir seine Begeisterung über die feine Arbeit, die du geleistet hast. Er habe zwei linke Hände, er habe das Handwerker-Gen nicht geerbt. Seine gesamte Familie sei es gewohnt, mit dem Kopf zu arbeiten. Sägen und Schrauber und Bohrer und Nägel erzeugten in ihm die Furcht vor Verletzung. Laras Vater brauchte deine Hilfe, den Stall an seinen Pfosten im Boden zu versenken, es schien, selbst die Schaufel erzeugte Ehrfurcht und Misstrauen in seinen Händen. Den Small-Talk-Versuchen begegnetest du mit knappen Worten. Ob du Kinder hättest. Und welchen Beruf du ausübest, der Stall sähe nach einer 1-a-Tischlerarbeit aus. Ein anderes Handwerk? Es scheint, du habest ein großes Talent, sagte dieser Vater, bemüht, dich ins Reden zu bringen. Du seist Mädchen für alles auf der Baustelle gewesen. Nun in Pension, logst du.
Dieses Lügen liegt dir im Magen. Diese Fragen nach dem Beruf und der Familie liegen dir im Magen. Dieses sich selbst definieren müssen durch diese Fragen, diese Sichtbarkeit deiner Fehler beim Small Talk liegen dir im Magen. Die Übelkeit nimmt dieser Tage zu, du bemerkst das mit Missmut. Der Vater hat dir eine Kiste Bier gebracht, hat dir eines aufgemacht. Du hast es nicht getrunken. Er bot dir noch ein Bier an, während die Mutter den Stall mit Luftballons und bunten Schlangen schmückte, bevor Lara von ihrem Ausflug mit der Oma heimkehrte. Du hast abgelehnt und hattest deswegen ein schlechtes Gewissen, denn der Vater zog die Augenbrauen hoch, als kritisiertest du dessen Biergenuss. Er lenkte ab, indem er schwärmte,

was für ein tolles Mädchen er habe, wie spannend es sei, sie beim Aufwachsen zu beobachten, wie schlimm es für ihn sei, dass er so viel Zeit auf der Arbeit verbringe und derart viel versäume in ihrer Entwicklung. Wie schnell die Zeit doch vergehe. Du hörtest höflich zu und dachtest: So bist du auch einmal gewesen. Beschäftigt, abwesend, beteuernd, überfordert. Die Kiste Bier als Bezahlung für deine Arbeit nahmst du an. Du hast dich nicht getraut, sie auszuschlagen, das wäre unhöflich gewesen. Deine tote Mutter im Ohr, der es immer wichtig war, sich gut zu verstehen mit den Nachbarn. Sie sagt dir, du tust eben so, als ob du trinken würdest.
Die Eltern setzten übervorsichtig zwei Löwenkopfhasen in den Käfig, als wären es ihre eigenen Kinder. Du standest daneben und hast den Kopf geschüttelt. Du weißt nicht genau, warum, aber als du das an dir selbst bemerktest, hast du dich gefragt, was du hier eigentlich tust. Du hast dich für die Kiste Bier bedankt und dich verabschiedet. Die Eltern wirkten betrübt, dass dich Laras Reaktion auf das Geschenk nicht interessierte. Und du warst betrübt, denn du hattest dich auf ihre leuchtenden Augen gefreut.
Das ist am Donnerstag letzte Woche passiert, und seitdem bist du nicht mehr richtig in die Gänge gekommen. Du hast dich an Stefan erinnert und dessen fünften Geburtstag. Elli und du, ihr hattet eure Freunde zum Geburtstag deines Sohnes eingeladen. Josef und Annegret, die gerade Josefs Sohn geboren hatte und ihn nun schaukelnd und wippend über den

Rasen trug. Den Rasen, den du vor ein paar Monaten frisch angesät hattest, nachdem ihr den Neubau bezogen hattet. Ihr hattet es geschafft. Ihr hattet euer Eigenheim erbaut mit deinem hart verdienten Lohn. Es war die erste Einladung, die ihr an Freunde ausgesprochen hattet.
Voll Stolz führtest du Josef durchs Haus, setztest ihm die Einzelheiten der Baugeschichte, die gewieften Planungsbesonderheiten und die verwendeten Materialien im Detail auseinander. Elli bereitete das Essen in der neuen Einbauküche zu. Stefan schaukelte auf dem neuen Spielgerüst, das am Morgen überraschend für den Bub im Garten als Geburtstagsgeschenk gestanden hatte, und rief unablässig nach seiner Mama. Annegret beruhigte den Säugling wippend und deinen Sohn mit Geduldsfloskeln: Sie wird gleich kommen. Die Mama kommt gleich. Die kocht uns was Gutes, und vielleicht gibt es auch eine Torte für dich.
Elli rief durch die Küche und die Terrassentür und um die Ecke in die Garage deinen Namen, Manfred, kümmere dich doch um deinen Sohn. Du tatest, als würdest du sie nicht hören, und Josef grinste ob deines Ungehorsams, während Stefan weiterhin von der Schaukel unablässig nach der Mama rief. Man hat sich doch auch mal ein wenig Ruhe verdient, hast du zu Josef gesagt.
Du weißt nicht genau, wie oft Annegret noch beruhigend auf Stefan einredete, Stefan nach Elli rief und Elli nach dir, jedenfalls platzte irgendjemandem zuerst der Kragen.

Elli stand in Tränen aufgelöst im Garten in Annegrets Arm und wimmerte in deren Nacken neben dem wimmernden Säugling, sie schaffe das alles nicht mehr. Sie mache den gesamten Haushalt, auf dich sei kein Verlass, du kümmertest dich nicht um deinen Sohn, alles bliebe an ihr hängen. Du standest breitbeinig neben dem gedeckten Tisch auf der Terrasse. Die Bierflasche in der Hand, und du hast wild gestikuliert. Was du denn noch alles tun solltest, ein Haus habest du ihr gebaut, einen Garten angelegt, Überstunden machtest du und meldetest dich für jeden Zusatzauftrag, um dem verwöhnten Fräulein ein Leben in Luxus zu bieten. Du hättest auch gerne ein solches Leben, in dem man am Vormittag Kaffee mit Freundinnen trinken könne und nachmittags im Park spazieren ginge! Was ihr überhaupt einfalle, sich am Geburtstag ihres Sohnes derart aufzuführen und ihrem hart arbeitenden Ehemann nicht ein einziges Bier in Ruhe mit einem Freund zu gönnen.
Stefan sprang von der Schaukel und lief ins Haus, Annegret mit dem Säugling hinterher. Elli wandte sich an Josef, er solle ihr helfen, du verstündest nicht, um was es ihr gehe. Josef stand abseits, die Hände schuldlos in die Luft gereckt, bedeutend, das gehe ihn wirklich nichts an. Und du, in Rage: was das soll, den Freund auch noch hineinziehen in den Streit, sie habe doch bereits genug angerichtet. Jetzt ist Ruhe!, hast du geschrien, und: Wir sind zum Feiern da!
Elli aber gab sich nicht geschlagen, gab nicht nach, gab keinen Deut auf deine Anweisung: Das habest du

nicht zu bestimmen, das sei auch ihr Haus und das seien auch ihre Freunde und wen sie in was hineinziehe, gehe dich nicht das Geringste an.
Es war Notwehr. Du musstest sie stoppen, sie versaute den ganzen Nachmittag. Du hast die Bierflasche gegen die Hausmauer gefeuert, knapp an Ellis Gesicht vorbei. Die Flasche zersprang gleich neben dem Wohnzimmerfenster, hinter dem Stefan die Augen aufriss und dir geschockt ins Gesicht starrte, als hättest du ihn treffen wollen! Dabei wolltest du doch nur sein Fest verteidigen!
Die völlig aufgelöste Annegret und Josef sind abgezogen, und Elli lief Stefan hinterher, der sich in einem Winkel im Haus versteckte. Annegret schimpfte beim Gehen über dich, über Josef, sie legte ihre Hand auf das Köpfchen des Babys, als würdest du auch nach ihrem Kind eine Flasche werfen wollen. Idiotisch.
Du hast dich in die Garage zurückgezogen und die Welt nicht mehr verstanden. Das Fest hattest du retten wollen für den Stefan. Elli hatte es kaputt gemacht. Du hast noch ein paar Bier in dich hineingestoßen, vor lauter Ich-bin-im-Recht-Gefühl.
Als du abends dann in die Küche kamst, schnitt Elli mit Stefan gerade die Torte an. Du hast ihr vom Türstock aus zugesehen. Die betont weichen und sanften Bewegungen, ihr ruhiges Flüstern, ihr aufrichtiges Lächeln für den Sohn griffen dich an. Mit jeder ihrer Bewegungen zeigte sie dir deine Unzulänglichkeit als Vater, Ernährer, Ehemann und Mann. Sie schnitt ein Stück von der Schokoladentorte. Stefan zappelte

voll Vorfreude auf dem Stuhl. Plötzlich musstest du rülpsen. Da sahen die beiden auf. Elli ermunterte deinen Sohn: Dem Papa geben wir auch ein Stück, hm? Doch Stefan zog den Kuchen an sich und schüttelte den Kopf. Sein Blick fuhr dir durch Mark und Bein. Damals ist etwas zersprungen. Etwas Fragiles, von dem du nicht wusstest, dass es existierte und dich mit Stefan verband. Seit damals spürst du Stefan nicht mehr, nur seinen Vorwurf.

Nun rauchst du seit ein paar Tagen deine erste Zigarette im Bett. Manchmal werden es drei, manchmal fünf. Seit du die Absage der Verpackungsfirma bekommen hast. Dienstag, Mittwoch und den halben Donnerstag hast du dort *geschnuppert.* Er hat nicht lang drum herumgeredet. »Ich glaube, es macht keinen Sinn, Gruber.« Begründet hat er es nicht. Das AMS hätte die Hälfte des Lohns nicht übernommen, du seist nicht förderwürdig, da du durch die Selbstständigkeit den Anspruch an Leistungen verloren hättest. Ein Junger ist produktiver und effizienter. Da du nichts zu tun hast, was du nicht verschieben könntest, ist das Liegenbleiben kein Problem. Seit Tagen regnet es, du beruhigst dich selbst: Mit dem Sonnenschein kommt die Gartenarbeit, kommt die Energie zurück. Du machst dir keine Sorgen. Eher genießt du es, diesem diffusen Gefühl des Zerfließens nachzugeben, dich nicht in dieses strenge Alltagskorsett zu werfen, das deine Mutter immer propagiert hat. Es ist ein Trotzgefühl, das du dir gegenüber deiner Mutter nie erlaubt hast. Es ist ein spätes Aufbäumen gegen

die Vormundschaft deiner Liebsten über dich. Kein Stefan, keine Elli, keine Mutti wird dich aus dem Bett bekommen, kein Chef, kein AMS, kein Sozialamt, nur du selbst und nur, wenn du es willst.
Du rauchst, ein Kegel Asche fällt auf die Bettdecke und zerfällt. Es ist dir egal. Niemand besucht dich in deinem Haus, niemand wird den Dreck sehen. Dein Magen rumort, du denkst nach, wann du das letzte Mal gegessen hast. Es muss gestern, Sonntagvormittag, gewesen sein. Du hast ein Glas Eingelegtes geöffnet und ein paar Gurken und Pfefferoni gegessen. Dazu eine Scheibe Brot mit Butter. Dabei hast du ferngesehen, aber nicht wirklich. Ständig hast du dir überlegt, ob du Stefan anrufen solltest. Ihn zum Essen einladen solltest, zum Kaffee, du würdest eventuell einen Kuchen backen. Er könnte seine Freundin mitnehmen, du kennst sie noch nicht, du würdest sie gerne kennenlernen. Ihn beiseitenehmen und ihm sagen, dass sie hübsch ist, aber streng. Seine Freundin ist sicher streng. Freundinnen sind immer streng. Du könntest ihm dein Haus anbieten. Das könnte das Haus retten, das könnte dein Versprechen deiner Mutter gegenüber retten. Du hast deinem Sohn nach langem Nachdenken tatsächlich eine SMS geschickt und gefragt, ob er dich am Montag, heute, besuchen möchte. Du lädst ein auf Kaffee und Kuchen, hast du geschrieben, er könne gerne mit seiner Freundin vorbeischauen. Ob fünfzehn Uhr passend wäre. Er hat sich ein paar Stunden später zurückgemeldet. Hat gemeint, er arbeite um fünfzehn Uhr noch. Aber sieb-

zehn Uhr würde sich ausgehen. Die Freundin werde er aber nicht mitnehmen. Aus diesem Satz hast du herausgelesen, dass du ihm peinlich bist, und die Lust auf das Treffen ist dir vergangen. Natürlich hast du ihm das nicht geschrieben. Du hast aber auch nicht geschrieben, dass du dich auf ihn freust. Du hast gar nichts zurückgeschrieben und fragst dich nun, ob er tatsächlich kommen wird. Wenn er kommen wird, solltest du einen Kuchen zu Hause haben, wie du angekündigt hast. Und Kaffee. Du bereust es jetzt, Kuchen und Kaffee angekündigt zu haben, denn das bedeutet, du musst einkaufen gehen. Einkaufen kostet Geld. Kaffee kostet viel Geld. Aber plötzlich weißt du, was das unbestimmte Gefühl des Müssens beim Aufwachen ausgelöst hat: Du musst einkaufen gehen. Du dämpfst die Zigarette aus, schnaufst, ziehst die Bettdecke weg und stehst auf. Du stehst für deinen Sohn auf.

Zu müde bist du heute, um zu gehen. Die Energiereserven scheinen aufgebraucht, der Schlaf ist schlecht in letzter Zeit. Außerdem schmerzt der Zeh bei jedem Schritt. Du rollst nur noch am äußeren Rist ab. Der Vermeidungsgang wird dich teuer zu stehen kommen. Erst wirst du Verspannungen in den Waden bekommen, dann wirst du es am Fußgelenk und am Kniegelenk spüren. Und all das nur, weil du arbeiten warst, für nichts. Du bist seit Tagen müde, das Wetter macht dich müde, die Absage der Firma macht dich müde, die kreisenden Gedanken um dein Haus machen dich müde. Während der Busfahrt hältst du Ausschau nach dem Kontrolleur. Das lenkt dich vom tödlichen Verkehr, vom Haus und von deinem Scheitern ab. Wachsamkeit strengt dich an. Jede Person, die einsteigt, wird von dir registriert und auf Merkmale gescannt. Anspannung in der Brust, steife Schultern, hohe Konzentration. Kein Kontrolleur in Sicht. Am Bahnhof angekommen gehst du zur Bank. Du steckst die Karte in den Automaten. Du drückst den Button Kontostandinformation. Siebenhundertundzweiundsechzig Euro zeigt das Display an. Du atmest aus. Du atmest aus, als dürftest du den Vierzig-Kilogramm-Rucksack nach drei Tagesmärschen bei der Bundesheerübung ablegen. Deine Augen bauen Druck auf. Als würden Tränen der Erleichterung hervorquellen wollen. Doch du hast keine Tränen, du hast sie dir abgewöhnt. Die Schultern entspannen sich schlagartig, die Brust wird weiter. Im Nacken spürst du Strom. Den Strom des Konsums, er zieht dir bis in den Frontallappen. Du weißt, du kannst nun einkaufen. Einkaufen, was dir beliebt. Das ist dein Geld auf dem Konto. Du kannst damit tun, was du willst. Kaskaden an Ideen fluten dein Gehirn. Mehl, Eier und Kakao für den Kuchen. Dünger. Zigaretten. Kaffee. Katzenfutter. Du hebst dreihundert ab. Damit solltest du die nächsten zwei, vielleicht drei Wochen über die Runden kommen. Du steckst sie in die Geldbörse, gehst dann zum Schalter. Eine junge Bankberaterin steht am Computer und fragt dich, wie sie dir helfen kann. Du reichst ihr deine Bankkarte und bittest um Nachschau bezüglich der Strom- und Gaszahlung. Die hätte eventuell letzte Woche abgezogen werden sollen, die konnte womöglich nicht abgezogen werden, die könnte jetzt überwiesen werden. Sie prüft die Eingänge und Ausgänge deines Kontos und identifiziert drei versuchte Abbuchungen, die nicht durchgeführt werden konnten. Auch die Telefon- und die Internetrechnung sind betroffen. Es sind Kosten durch Gebühren entstanden, die sie dir mitteilt. Du ärgerst dich, lässt es dir jedoch nicht anmerken. Du wirst dieser jungen Dame keine Probleme machen, sie macht ihren Job, nicht die Regeln. Außerdem bist du es müde, zu kämpfen. Du bittest um Freigabe der Abbuchung. Du wirst in diesem Monat nicht im Dunkeln sitzen. Du wirst in diesem Monat warm duschen können. Das ist ein gutes Gefühl. Du brauchst eine Dusche, dein Sohn kommt heute zu Besuch.

Als du auf die Straße trittst, fühlst du die Geldbörse in deiner Hosentasche angenehm schwer. Dein Körper wiederum fühlt sich plötzlich angenehm leicht an, trotz der Müdigkeit, trotz des Zehs. Du hättest Lust, heute deinen Garten umzugraben. Wäre nicht das Problem mit dem Zeh. Du blickst auf deine Schuhe. Du könntest dir neue zulegen. Du hast Geld in der Tasche. Du brauchst neue Schuhe, da musst du nicht lange nachdenken. Andererseits ist es bereits Frühling. Der Aprilregen wird bald zu Ende gehen, dann ist es warm und trocken, und du bräuchtest die Winterschuhe nicht mehr bis in den späten Herbst. Gerade findet Abverkauf für Wintersachen statt. Oder ist der schon wieder vorbei? Du entscheidest dich dagegen, neue Winterschuhe zu besorgen, auch wenn sie jetzt billiger wären. Du brauchst andere Dinge dringender. Außerdem würdest du den neuen Schuh gleich mit der eitrigen Zehe verschandeln. Die Verpackungsfirma ist daran schuld. Sie haben zu lange gebraucht, um dich auszusortieren. Dabei warst du noch gar nicht einsortiert. Du hattest deine Stahlkappenschuhe am zweiten und am dritten Schnuppertag angezogen. Die Stahlkappenschuhe drückten auf den Zeh, und durch den Druck hat sich der Zeh entzündet. Du hast ihn mit Schnaps desinfiziert und mit Knoblauch behandelt. Du hattest noch eine Knoblauchknolle zu Hause. Er trieb bereits aus, das hat seine Wirkung verringert. Knoblauch brennt fürchterlich auf offenen Stellen. Er hat die Entzündung eingedämmt, aber nicht geheilt. Dein Zeh schmerzt bei jedem Schritt. Als würde eine Nadel im Rhythmus des Auftretens unter den Nagel in das Nagelbett stechen. Du hältst das aus. Doch solltest du dir anstatt neuer Schuhe lieber eine Zugsalbe besorgen. Du stehst vor der Bank und schaust auf den Bahnhofvorplatz, und du bemerkst, dich schauen die Leute an. Sonst gehst du in der Masse unter, sonst würdigen dich die Passanten keines Blickes, doch jetzt scheint es, als sähen dich alle im Vorbeigehen an. Als strahltest du etwas aus und seist plötzlich sichtbar, als hättest du einen Tarnanzug abgelegt. Es sind keine Blicke, die man mit dem Sinn, der Blicke spüren kann, erfasst. Es sind beiläufige Blicke, es sind Blicke, die registrieren, aber nicht beobachten. Du greifst in

die Hosentasche und befühlst die Geldbörse. Plötzlich hast du Angst, dir könnte das Geld aus der Tasche gezogen werden. Der Herzog junior II könnte dich beobachten, dir das Geld wieder wegnehmen. So, wie er die Vase umgeworfen hat, weil sie billig war, wird er dir das Geld wegnehmen, weil du kein Leistungsträger bist. Aber es ist dein Geld, du wirst es verteidigen. Geld bleibt dir nie lange, auch wenn es noch nie gestohlen wurde. Du musst es gut investieren. Du ermahnst dich selbst, nur das Nötigste zu kaufen. Wer weiß, ob du nächsten Monat Geld überwiesen bekommst.
Im Supermarkt nimmst du dir heute einen Einkaufswagen. Du hast an einen Einkaufskorb gedacht und setzt ihn in den Wagen. In Gedanken gehst du die Liste durch, als du den Orangensaftautomaten registrierst. Ein unbestimmtes Lustgefühl überkommt dich. Du schaust dich nach dem Herzog um, entdeckst ihn nicht, er ist dir nicht gefolgt. Es ist Lust, die sich mit dem Gefühl des Sieges mischt. Heute kannst du dir einen Orangensaft leisten. Heute kannst du dir Vitamine zuführen und solltest dir auch Vitamine zuführen. Das Brot, die Butter, Wurst, Eingelegtes und Erdäpfelsalat sind nicht wahnsinnig gesund. Du hast in den letzten zwei Wochen kaum Vitamine zu dir genommen, du solltest dich stärken. Du gehst zu dem Automaten, nimmst dir eine Kunststoffflasche und stellst sie unter den Hahn. Du bist heute aufmerksam, lässt dich nicht von den herabkullernden Orangen in der Schneise ablenken und nimmst den Finger rechtzeitig vom Knopf. Du

fühlst dich kompetent. Du bist wie jeder andere Einkaufende hier versiert in dem, was du tust. Du hast eine Einkaufsliste im Kopf, und du kannst dir einen Orangensaft selbst frisch zubereiten. Außerdem holst du dir Äpfel. An apple a day, hat Stefan in der Schule gelernt. Du willst einen guten Eindruck auf ihn machen, du möchtest frische Äpfel zu Hause haben. Außerdem weißt du, dass Stefan eine Laktoseintoleranz hat, deswegen kaufst du laktosefreie Milch für den Kaffee. Lange stehst du vor dem Regal mit dem Kaffee. Du kannst dich nicht entscheiden. Nimmst du einen, von dem du weißt, dass es ein guter Kaffee sein muss, da er teuer ist? Oder entscheidest du dich für einen fair gehandelten Bio-Kaffee, der ebenso teuer ist? Oder nimmst du dir ein billiges Pulver, weil Stefan nur heute Nachmittag bei dir Kaffee trinken wird und es dir selbst egal ist, wie der Kaffee schmeckt, Hauptsache, du kommst aus dem Bett? Du entscheidest dich für einen teuren fair gehandelten Kaffee. Du glaubst, du unterstützt damit die Umwelt, auch wenn du dir nicht sicher bist, ob das eine Marketingmasche ist. Auch beim Kakao entscheidest du dich für die teure Variante. Eier von freilaufenden Hühnern – es kommt nicht in Frage, dass Tiere für dich leiden müssen. Mehl, du nimmst das billigste, Butter, du nimmst die billigste, nicht aus Überzeugung, sondern wegen der Geldbörse. Beim Tierfutterregal bleibst du stehen und prüfst die Preise. Milli hat es verdient, von dir eine Spezialität zu bekommen. Lange hast du sie nun schon mit Kleinigkeiten abgespeist, sie soll nicht das

Interesse an dir und deinem Heim verlieren. Außerdem ist sie nicht fett, wie Maria behauptet. Sie sieht gesund und wohlgenährt aus, und die Diät sollte nun abgeschlossen sein. Du entscheidest dich für eine Gourmet-Packung Nassfutter und Snack-Sticks. Die sind nicht billig, aber Milli wird sich freuen. Plötzlich tippt jemand an deine Schulter. Vor lauter Konzentration und Einkaufsrausch erschrickst du. Kristina steht neben dir und lacht in ihre zarte Hand, belustigt über dein Zucken. Sie trägt ihr schwarzes Haar hochgesteckt und das hübsche weinrot-schwarze Baumwolltuch, das dir so gefällt. Dein Herz klopft plötzlich schneller. Du lächelst automatisch beim Anblick ihres Lachens. Es zieht in den Wangen, und die Speicheldrüsen produzieren verwirrt, du hast wohl lange nicht mehr gelächelt.

»Fred! Wie schön, dich zu sehen!«

»Kristina, du bist hier die Schöne!«

Du räusperst dich, deine Stimme klingt belegt. Du hast schon lange kein Wort mehr gesagt. In dir entsteht ein Bild von dir, wie du aussehen musst. Schnell streichst du dir die weißen Federn hinter die Ohren. Du hast das Bedürfnis, an dir herabzusehen, ob du einigermaßen saubere Kleidung anhast. Du zwingst dich, es nicht zu tun, und richtest deinen Blick stattdessen auf ihren Einkaufskorb.

»Deine Möpse haben Appetit!«

»Die fressen mir noch die Haare vom Kopf! Und die Enkel, die Enkel erst! Wie geht es dir, Fred, wir haben uns lange nicht gesehen.«

»Man lebt. Wieso spazierst du nicht mehr an deiner alten Route an meinem Haus vorbei?«
Deine Stimme kommt dir flach und rau vor, du räusperst dich.
»Ich hatte eine schlechte Phase. Ich konnte nicht. Hab es kaum vor die Tür geschafft. Mit den Buben in den Hof und wieder hinauf, mehr ging nicht.« Ihre schwarzen Augen wirken traurig, und sie errötet ein wenig vor Scham.
»Und jetzt ist es wieder besser?«
»Es geht. Du siehst, ich bin im Supermarkt!« Mit einer Geste der flachen Hand unterstreicht sie anmutig das Gesagte.
»Na, dann kannst du doch wieder einmal vorbeikommen!«
»So weit bin ich noch nicht, Fred. Sei mir nicht böse.«
Du willst dir die Enttäuschung nicht anmerken lassen und steuerst gegen: »Dann komme ich zu dir. Ich bekoche dich. Wie findest du das?«
»Fred, ich weiß nicht. Meine Enkel sind oft bei mir. Die sind anstrengend, ich bin nicht mehr jung!«
»Jetzt zier dich nicht so. Ich koche auch für die Enkel, Schnitzel mögen sie doch, oder? Drei sind es?«
Sie mustert dich von oben bis unten, als würde sie überlegen, ob du den Kindern zumutbar seist. Das ärgert dich. Du zeigst es nicht. Du schlägst die Augen nieder, lässt den Blick über dich ergehen und erfasst ihn mit dem Sinn, der Blicke spüren kann. Hitze steigt auf. Du fühlst dich wie ein dummer Junge. Du hältst ihr Schauen kaum aus, doch irgendwas in dir pocht

vehement darauf, dieser Frau zu imponieren. Und da du das heute, hier in deiner Schlampigkeit und deinem Überwältigt-Sein nicht schaffen kannst, willst du sie für morgen gewinnen.
»Ich gehe auch vorher zum Friseur!«
Kristina lacht wieder in ihre zarte Hand.
»Na gut, Fred, dann kommst du morgen Mittag.«
Dein Grinsen muss dümmlich aussehen, denkst du, als du dich verabschiedest. Du siehst ihr hinterher, als sie zur Kasse steuert. Du magst ihren breiten Hintern, den wiegenden Gang, sie erinnert dich an eine Göttin aus Griechenland. Sie erinnert dich an Elli in Griechenland. Elli im Urlaub, im Urlaub war Elli immer am schönsten. Du reißt dich zusammen und erweiterst im Geiste deine Einkaufsliste um Schweinschnitzel, Paniermehl und Erdäpfel, Preiselbeeren und Zitronen. Der Einkaufsrausch hat dich vollends ergriffen. Du nimmst nur noch die besten Lebensmittel, bio, frisch, Marken, denn Kristina und ihre Enkel sind es dir wert. Der Einkaufswagen füllt sich, und als du an der Kasse stehst, kommst du ins Schwitzen. Das ist viel mehr als geplant. Das wird viel mehr kosten als geplant. Es piept und piept, und die Summe wird höher und höher. Schlussendlich blätterst du mehr als achtzig Euro hin. Am liebsten hättest du den Orangensaft zurückgestellt, auf die Vitamine hättest du verzichten können. Du hast nun einen Korb voller Waren, aber auch ein unbestimmtes schlechtes Gewissen. Der Vorgang des Bezahlens wurde derart rasch abgewickelt, das Geld hat den Besitzer so unglaub-

lich schnell gewechselt, dass du das Gefühl hast, du wurdest übertölpelt. Du hättest eine schlechte Entscheidung aufgrund des riesigen Angebots getroffen. Du hättest zu wenig überlegt, du hättest das Angebot nicht ausreichend überprüft, der Abschluss des Geschäfts wäre zu vorschnell vonstattengegangen. Als hättest du im Rausch eine schlechte Entscheidung getroffen, die du nüchtern bereuen könntest. Das mulmige Gefühl, das Geld sei dir aus der Tasche gezogen worden.
Durch den Regen trittst du den Weg zur Apotheke an. Der Einkaufskorb ist schwer. Du hievst ihn dir über die Schulter, was deine Wirbelsäule krümmt und deine Schultermuskeln verspannt. Zusammen mit dem vermeidenden Gang ergibt das ein hohes Risiko der körperlichen Überlastung. Doch heute spielt dir die Freude in die Hände. Vielleicht kann dir die Freude die notwendige Kraft geben, um auszuhalten, was deinen Körper fertigmacht. Du hältst durch und konzentrierst dich auf das, was du mit dem Korb voller Waren vorhast. Du wirst etwas geben, du wirst jemandem Freude schenken. Du gehst zu Fuß, denn die Apotheke befindet sich auf dem Fußweg zu dir nach Hause. Die Apothekerin lächelt freundlich, du bist alt und wirst ein guter Kunde sein. Fast enttäuscht sieht sie aus, als du nur nach der Zugsalbe fragst. Die Salbe kostet fünfundzwanzig Euro. »Fünfundzwanzig Euro!«, wiederholst du schockiert. »Die Gesundheit wird mich noch ruinieren!« Die Verkäuferin weiß nicht genau, wie sie reagieren soll, lächelt deswegen ihr Verkäuferinnen-

lächeln und fragt, ob sie die Salbe einpacken soll. Du ziehst das Geld aus der Börse und zahlst wortlos. Sie wünscht dir noch einen schönen Tag, aber es perlt an dir ab wie Wasser auf fettiger Haut. Ein paar Meter weiter ist der Friseur. Du wirst dein Versprechen gegenüber Kristina halten, auch wenn damit fast die Hälfte des Budgets für zwei Wochen aufgebraucht sein wird. Du warst sicher schon seit sechs Monaten nicht mehr hier. Du hoffst, Martina ist da. Sie gibt dir immer etwas Rabatt. Sie scheint dir anzusehen, dass du nicht unbedingt einer der vermögendsten Männer bist, die ihren Salon aufsuchen. Außerdem bemühst du dich, sie gut zu unterhalten. Heute wirst du ihr sagen, dass du dein Haar an der frischen Luft vom lieben Gott hast waschen lassen. Aber das Shampoo sei ihm ausgegangen, und als er Wasser in Shampoo verwandeln wollte, wurde es bloß Wein. Als du vor der verschlossenen Tür stehst, fällt dir ein, dass Montag ist. Das passt dir nicht in den Kram. Du rauchst erst mal eine. Da fällt dir ein, dass du auch noch Zigaretten brauchst. Du wirst dir eine Stange auf Vorrat kaufen. Somit wird dich dieser Tag an die hundertsiebzig Euro kosten. Obwohl du nicht beim Friseur warst. Du ziehst an der Zigarette und hustest grollend, spuckst den Schleim auf den Boden. Du wirst dich nicht unterkriegen lassen. Heute kommt dein Sohn, und morgen besuchst du Kristina. Du hast einen Korb voller Zuneigung bei dir, du wirst ihnen etwas Feines kredenzen. Das wird schön. Du trinkst einen Schluck vom frisch gepressten Orangensaft. Das wird ein schöner Tag.

Du steigst in den Bus nach Hause, du glaubst, heute, an dem Tag, an dem dir die Welt, die schweifenden Blicke der Menschen, das Bankkonto wohlgesinnt sind, kann dir nichts passieren. Und es passiert nichts. Die unbestimmte Freude trägt dich nach Hause, ohne Komplikationen, sogar die letzten Fußmeter im vermeidenden Gang schaffst du, ohne zu fluchen. Zuhause lockst du Milli mit Futter und kredenzt ihr ein Festmahl. Streichelst über den kleinen Kopf und entschuldigst dich bei ihr, dass du dich nicht gut kümmern konntest in letzter Zeit. Milli hockt vor der Schüssel und genießt das Fressen. Sie wirkt versöhnt und schleckt sich über das Maul. Schmiegt sich an deine Beine, als bedanke sie sich, und rollt sich dann auf der Küchenbank ein. Du schaltest den alten Plattenspieler an und legst dir den Ambros auf. Drehst die Lautstärke auf und pfeifst. Du verstaust die Lebensmittel und machst dich ans Backen. Du kannst nicht sonderlich gut backen. Das Backen hat Elli immer übernommen. Oder deine Mutter. Du findest das handschriftliche Rezeptbuch deiner Mutter im Küchenkasten, in den sie es zuletzt mit ihren lebenden Fingern gestellt hat. Du siehst deine Mutter vor dir, wie sie Eier aufschlägt und Butterstücke schneidet. Du siehst die routinierte Konzentration in ihrem Gesicht und wie sie ihre Hände mit dem Geschirrtuch säubert. Du hörst sie mit Elli über Rezeptdetails streiten. Hörst deine Mutter Ellis Handgriffe kritisieren und siehst sie den Kopf schütteln. Du siehst die beiden Frauen in dieser Küche, als stünden sie vor dir, als wäre dein

Leben von damals nicht bereits seit zwanzig Jahren tot. Ambros singt »I glaub, i geh jetzt«, und du hast einen kurzen Gedankenausreißer in die dunkle Welt der Niederlage, konzentrierst dich dann aber sofort auf die Handschrift deiner Mutter, die es zu entziffern gilt.
Du wirst einen Marmorkuchen backen, einen Marmorkuchen hast du schon einmal gebacken. Deine Mutter sagte immer: »Und wenn man gar nicht backen kann, einen Marmorkuchen kann man backen.« Darauf verlässt du dich und tust, was das Rezept dir sagt, und der Teig schaut gut aus. Die Arbeit geht dir leicht von der Hand. Als er im Ofen steht, räumst du gleich die Küche wieder auf. All das angepatzte Geschirr wandert in den Geschirrspüler, nachdem du den restlichen Teig wie ein Kind aus der Schüssel genascht hast. Dir fällt auf, dass du schon lange nicht mehr geputzt hast. Die Küchenkästen haben Flecken vom Kaffee, um den Herd entdeckst du Fettflecken. Du denkst an Stefan. Du weißt nicht genau, was er für ein Mensch geworden ist und ob es ihm auffällt, wenn eine Küche nicht geputzt ist. Du kennst Stefan nicht sonderlich gut. Manchmal telefoniert ihr, da geht es meist darum, wie es ihm bei der Arbeit geht. Stefan macht beruflich irgendetwas mit Computern, Elli hat ihm immer alles zum Arsch getragen, er hat sich nie um irgendetwas im Haushalt kümmern müssen, glaubst du. Elli hat ihn verwöhnt und ihm sogar als Jugendlichem noch sein Zimmer aufgeräumt. Bei Elli war es immer sauber, ist es wohl noch. Elli war eine gute Hausfrau, es

blitzten die Oberflächen, die Böden, das Bad. Stefan wird einen hohen Anspruch haben an Sauberkeit, glaubst du, und du möchtest keinen schlechten Eindruck machen bei deinem Sohn. Er war schon lange nicht mehr bei dir zu Hause. Seit deine Mutter tot ist, besucht er dich nicht mehr. Ein Blick auf die Uhr zeigt dir, dass du für das Putzen der Küche und das Putzen deines eigenen Körpers noch genug Zeit hast.
Dein Telefon klingelt. Du hoffst, es ist nicht dein Sohn, der dir absagt. Traust dich kaum, auf das Display zu schauen. Die Anruferin bin aber ich.
»Herr Gruber, kommen Sie noch zu unserem Termin?«
»Äh, Entschuldigung, wir hätten einen Termin?«
»Ich habe es Ihnen doch erklärt. Wir sehen uns jede Woche, jeden Montag!«
»Oh. Den habe ich vergessen, entschuldigen Sie.«
Ich muss zugeben, ich bin verärgert. Wüsste ich, dass du dich auf den Besuch deines Sohnes vorbereitest, wäre ich nicht verärgert. Ich wäre hocherfreut. Soziale Kontakte sind wichtig. Familie ist wichtig.
»Herr Gruber, Sie sind ein einer prekären Lage. Sie werden Ihr Haus verlieren, wenn Sie nichts dagegen tun! Verstehen Sie das?«
»Natürlich verstehe ich das, ich bin doch nicht blöd!«
»Warum kommen Sie dann nicht zu dem verpflichtenden Termin?«
»Ich habe es vergessen!«
»Waren Sie beim Arzt? Haben Sie einen Termin beim Psychiater?«
»Ich gehe nicht zum Psychiater.«

»Ihre Mitarbeit ist unerlässlich, Herr Gruber.«
Du antwortest nicht. Ich erkläre dir, dass ich dich zur Gesundheitsstraße im Beruflichen Bildungs- und Rehabilitationszentrum angemeldet habe, um die Arbeitsfähigkeit zu überprüfen. Und dass ein AMS-Termin notwendig ist, da ich deinen Betreuer gebeten habe, ein ausführliches Gespräch über etwaige Umschulungen zu führen. Die Einladung wird über das Onlineportal des AMS zugestellt, deswegen sei es wichtig, die E-Mails täglich zu prüfen. Du brummst zustimmend in den Hörer.
»Und nächste Woche erwarte ich Sie hier bei mir im Büro! Sonst muss ich das melden, Sie haben eine Bemühungspflicht!«
»Ich werde kommen.«
Das Gespräch hat an deiner Laune gezerrt. Der Schwung zu putzen ist etwas abgeflacht. Aber du tust das, um deinem Sohn keine Gelegenheit zu geben, vor seinem verwahrlosten Vater kehrtzumachen. Du machst dich daran, das Kräuterregal abzustauben, die Küchenplatte zu schrubben, die Kastentüren abzuwischen und den Herrgottswinkel zu ordnen. Die Fensterbank befreist du vom Staub, die Fliesen an der Wand reinigst du, den Kaffee füllst du in ein Behältnis, sogar die Innenseite der Fenster putzt du. Dann holst du den Staubsauger und saugst den Küchenboden und gleich das Wohnzimmer mit. Trotz Schmerzen bei jedem Handgriff pfeifst du zu Ambros. Pfeifst die alten Melodien, die dich an gute Zeiten erinnern.

weil es is' zum Speib'n
es is' zum Kotzen und zum Rean
wenn ma siecht, was die Leut olles aufführ'n
für das depperte Geld
es ist doch ganz was anders, des zöhlt

Wenn dich einer verstehen könnte, dann wäre das der Wolferl. Vor vierzig Jahren hat er schon gesungen, was du dir heute denkst. Vor vierzig Jahren hättest du dem Wolferl zuhören sollen. Besser und mehr nachdenken sollen hättest du über seine Texte. Sie hätten nicht vorbeigehen sollen an dir, ernst hättest du sie nehmen sollen. Du warst damals zu dumm. Zu jung und zu verliebt. Und weil das eben auf dem Lebensplan stand, bei dir, bei Elli, bei jedem und jeder, die du kanntest, und vor allem auf dem Lebensplan deiner Mutter für dich: heiraten, Kinder kriegen, Haus bauen, hackeln, hackeln, hackeln, hast du das unüberlegt gemacht. Einfach gemacht, weil man es eben macht. Du hast entsprochen. Irgendeine Regel, die im Raum und in der Zeit wabert, die nie jemand verfasst hat, aber der alle entsprechen wollen, diese Regel hast du befolgt. Das Leben hat dir die Rechnung für deine Dummheit präsentiert. Ab dem Zeitpunkt, an dem der Unfall und die Gehirnerschütterung dir ermöglicht haben, tatsächlich nachzudenken, hat dir das Leben die Rechnung präsentiert. Plötzlich dachtest du Gedanken wie *Das ist tatsächlich dein Leben* und *Dieses Leben hätte tatsächlich aus sein können.* Du dachtest darüber nach, in *deinem* Leben über *dein* Leben ganz allein bestimmen zu können. Seit dem Unfall kannst du andere Gedanken denken als damals, und das Leben präsentiert dir die Rechnung: Denkst du nicht wie alle, verlierst du alles. Die Frau, das Haus, den Sohn. Die Arbeit, deine Freunde, deine Daseinsberechtigung. Du stolperst über den Staubsaugerschlauch, fängst dich ab und trittst genau am linken Ballen auf. Der Schmerz bohrt sich bis in den Mittelfußknochen, vom Außenrist und vom Zeh aus. Dein Fuß ist ein einziger eitriger Zeh, scheint es. Du fluchst und beschimpfst dich selbst ob deiner Unachtsamkeit, schmeißt den Staubsauger auf den Boden.

Die können dich alle am Arsch lecken. Sie sind einfach zu dumm, um zu kapieren, dass man nur dieses eine Leben hat. Schön blöd wärst du, wenn du dich dem Willen der anderen beugen würdest, du hast kein zweites Leben, in dem du es anders machen könntest. Du willst kein Lemming sein, der diesem imaginären Glück in der Zukunft durch Leistung und Wohlstand nachhechelt und dabei zack, über den Abgrund rutscht, weil man eben zack, einfach von heute auf morgen tot sein kann.

Du setzt dich auf die Küchenbank, ziehst den Socken aus und begutachtest den Zeh. Er ist auf die doppelte Größe angeschwollen. Oberhalb des Nagels und auf der Seite hat sich eine Tasche gebildet, sie ist gelblich-blau und ein Riss trockener, abgestorbener Haut zieht sich wie ein Krater entlang des Nagels. Du tippst mit der Fingerkuppe darauf, es brennt höllisch. Du drehst ihn am Gelenk nach außen, begutachtest ihn.

Er gehört versorgt. Aber zuerst musst du fertig putzen, dann unter die Dusche, danach wirst du ihn behandeln.
Nachdem du gesaugt hast, holst du noch den Wischer. Wenn schon, denn schon, denkst du dir und freust dich jetzt schon über die blanken Böden. Du lässt dich dazu verleiten, zum Ambros zu singen. Wolferl hat mit diesen Zeilen ins Schwarze getroffen. Wie du ihn verehrst. Jetzt sauft er, erzählen sich die Leute, aber das ist nur folgerichtig. Du musst verzweifeln an den Leuten und deren Ansichten, wenn du denken kannst, was du und der Ambros denken können.
Du schwitzt und bist froh darüber. Wäre nicht der Zeh. Das Aufwaschen geht ins Kreuz. Du schaust auf dein Werk und bist zufrieden. Deine Haushaltspflichten hast du schon lange versäumt mit der Krankheit und der Probearbeit und der Arbeit am Hasenstall. Deine Mutter hat sicher bereits gemeckert aus dem Himmel. Ob sie stolz ist auf dich, zumindest ein wenig? Du kannst es dir nicht vorstellen. Schließlich schaffst du nur das Nötigste. Schließlich kannst du dein Leben mit dem hinnigen Kopf, der Gedanken denkt, die nicht normal sind, nicht so gestalten, dass es Ansehen einbringen würde und Ehre für die Familie. Aber Stefan, Stefan wird das schaffen. Stefan wird die Blutlinie ehrenvoll weiterführen. Er, der irgendetwas mit Computern macht, hat einen Zukunftsjob, wird immer einen Job haben, er wird gut verdienen und deiner Mutter Urenkel in die Welt setzen und deine Generation, dich und deine fehlende Leistung,

kompensieren. Du schaust auf die Uhr. Der Kuchen ist seit zehn Minuten überfällig. Du holst ihn aus dem Ofen. Eine schwarze Kruste überzieht den Gugelhupf. Du lässt dir die Laune nicht davon verderben. Du hörst nicht auf die zeternden Stimmen in deinem Kopf, die Ellis und die deiner Mutter. Er kann nicht backen, was für ein Volltrottel, nicht mal einen Marmorkuchen kann der Idiot backen. Du wirst ihn auskühlen lassen und die verbrannten Stellen dann einfach wegschneiden oder abschaben. Ist doch kein Problem. Innen wird er schon genießbar sein. Langsam musst du unter die Dusche. Den Rundumservice wie für die Küche wirst du dir nun auch selbst gönnen. Dir die Nägel schneiden, dich rasieren, und du könntest dir die Haare selbst schneiden. Den Friseurbesuch kannst du dir sparen. Du nimmst die Schere mit ins Bad und machst dich ans Werk.

Als es siebzehn Uhr ist, sitzt du am gedeckten Küchentisch. Du hast ein Tischtuch aufgezogen, das Weiße mit Spitzen, das deine Mutter mit Röschen bestickt hat. Der Kuchen sieht etwas beschädigt aus. Die verbrannten Stellen konntest du nur asymmetrisch ausschneiden, jetzt liegt er schief auf dem Teller. Du hast ihn angeschnitten und bereits gekostet, die Kruste ist hart, und er ist zu trocken. Aber besser als kein versprochener Kuchen. Du hast Kaffee aufgebrüht und ihn in eine Kanne geleert, hast das gute Kaffeeservice bereitgestellt und Zucker und laktosefreie Milch im Kännchen. Die Äpfel hast du in eine Schale gelegt

und in den Herrgottswinkel gestellt, deine Küche sieht nun aus, als hättest du alles im Griff. Du wartest auf deinen Sohn und versorgst deine Zehe. Du überlegst, wie du das Thema Haus mit ihm ansprechen sollst. Du überlegst, aber es fällt dir kein passender Satz ein. Du nimmst die bereitgelegte Zugsalbe und cremst sie großflächig ein. Du sorgst für dich. Du musst dich selbst gut behandeln, du musst auf dich hören, du musst eher auf deinen Körper hören. Das nächste Mal wirst du in den Krankenstand gehen, du wirst die Schnupperarbeit, für die du ohnehin nichts bekommst, sausenlassen, wenn dein Körper nach Ruhe schreit. Da können die Berater noch so verwundert auftreten, dass sich zwei Tage Krankenstand mit den zwei Tagen Arbeitserprobung decken, wenn es nicht geht, geht es nicht. Du wirst nicht mehr über deine Grenzen gehen, du wirst in Zukunft auf dich achtgeben, versprichst du dir. Das Pflaster schneidest du zurecht, klebst es großflächig auf. Den Verband wickelst du darüber, damit die Salbe nicht deine Hausschuhe versaut.
Du hast die Unterlagen über das Gebäude und den Grund bereitgelegt, die Urkunden. Du weißt den Wert des Hauses nicht. Du hättest ihn vorher ermitteln sollen. Du gehst davon aus, dass Stefan der Wert interessieren wird, immerhin ist er der Sohn von Elli. Für Elli war es auch beim Hausbau wichtig, alles gut durchzurechnen, wie hoch der Preis und wie hoch der Wert des Hauses sein wird, wie er sich verändert, welche Wertsteigerung zu erwarten ist, wie die Flächen-

widmungen sich in der Umgebung ändern werden und wie sich diese auf den Wert auswirken würden, alles musste sie durchrechnen, und du standest daneben und sagtest nur: Das wird mein Zuhause, mir ist das alles wurscht. In der Nachschau bemerkst du, sie hat damals schon mit der Trennung von dir kalkuliert, sie hat damals schon gewusst, dass sie dich verlassen wird. Das Haus wurde verkauft, sie hätte es allein nicht halten können. Den Kredit habt ihr damit bedienen können, übrig blieb ein bisschen etwas, das in deine neue Firma geflossen ist, die aber nie ins Laufen kam. Elli war nicht lang allein. Einen Unternehmer hat sie sich geangelt und ist mit deinem Sohn in sein Haus gezogen. Und du, du hast da und dort gearbeitet, dies und jenes ausprobiert, denn die Baustelle kam wegen des Rückens nicht mehr in Frage. Die Metzgerei nicht wegen des Bluts. Die Trafik war dir zu langweilig und schlecht bezahlt. Jeder Hilfsarbeiterjob ist zu gering bezahlt. Und die Umschulung zur Pflegekraft hast du nicht bewilligt bekommen, wegen des Rückens. Du verstehst bis heute nicht, warum der Rücken bei der Umschulung als Verhinderungsgrund zählt, aber bei der Arbeitsfähigkeitsuntersuchung kaum zählt. Es ist siebzehn Uhr zwanzig und Stefan ist immer noch nicht da. Wenn er nicht bald kommt, wirst du nach der Waffe deines Vaters suchen. Du hättest ihn nicht einladen sollen. Du hättest wissen müssen, dass das alte Wunden aufreißt. Du hättest wissen müssen, dass er nicht kommt. Und jetzt sitzt du da mit eigenhändig geschnittenen Haaren, die lächerlich aussehen, rasiert und geduscht mit einem verbrannten Kuchen auf dem Tisch als das personifizierte Scheitern und wartest auf den Sohn, der dich und dein Haus retten soll, aber nicht erscheinen wird. Du zündest dir eine Zigarette an, streichelst Milli neben dir auf der Bank, die aufwacht und zu schnurren beginnt. Was für ein lächerlicher alter Mann du doch bist.

Es klingelt. Du erschrickst. Er ist tatsächlich gekommen!

Du gehst zu Tür und machst ihm auf. Vor dem Gartentor stehen Stefan und eine Frau, mit einem Regenschirm über den Köpfen.

15
Stefan und Magda

Du gehst im Vermeidungsgang zum Tor und öffnest. Dabei prasselt der Regen auf dein lächerlich geschnittenes Haar. Ihr wisst nicht genau, wie ihr euch begrüßen sollt. Kurz durchzuckt dich der Umarmungswille, doch im selben Moment schrickt Stefan etwas zurück. Also klopfst du ihm auf die Schulter. Etwas zu fest, er taumelt einen Schritt nach vorne. Gut sieht er aus, findest du. Etwas blass, etwas zu lange Haare. Gekleidet ist er wie ein Sandler, würde deine Mutter sagen. Sie würde ihn schimpfend fragen, wie man mit achtundzwanzig Jahren eine zerrissene Jeans anziehen kann. Ob er denn in der Pubertät stecken geblieben sei. Sie würde die Hände aneinanderlegen wie zum Gebet und an den Himmel eine Klagerede richten, womit sie das verdient habe. Du sagst nichts, außer »Servus, Stefan.«
Stefan sagt nicht *Hallo Papa* oder *Hallo Vater* oder überhaupt nur *Hallo*. Er stellt dir seine Freundin vor: »Das ist Magda.«
»Hallo, Herr Gruber. Schön, Sie kennenzulernen.«
»Bitte sag Manfred oder Fred. Kommt rein!«
Im Vermeidungsgang torkelst du zurück. Du musst furchtbar aussehen. Eilig stellst du noch ein Kaffeeservice auf den Tisch und einen Teller, bietest beiden Kaffee an. Magda verliebt sich gleich in *die kleine süße Schneeflocke* Milli. Sie sagt außerdem, dass du

ein schönes Haus hast. Höflichkeitsfloskel, sie meint das nicht ernst, aber du steigst darauf ein. Erzählst ihr von deiner fleißigen Mutter, ihr ganzer Stolz sei es gewesen, ihr Lebensprojekt, du plapperst aufgrund der Nervosität, und Magda lächelt, nickt und streichelt Milli. Magda hat schwarzes Haar wie Elli und Kristina es haben. Ihre Jugend macht sie schöner als Elli und Kristina. Dann hebt sie die kleine Katze auf den Schoß. Sie fragt nicht, ob sie das darf, das stört dich. Trotzdem bist du freundlich und fragst, wie es sich gehört, wie es deine Mutter tun würde, nach ihrem Beruf. Sie sei Psychologin, sagt sie, du musst dich zusammenreißen. Noch eine, die es besser weiß. Du willst sie nach ihrem Alter fragen, aber man darf Frauen nicht nach dem Alter fragen. Du schätzt fünfundzwanzig, sechsundzwanzig? Du sprichst in einer Tour, von Milli, dass sie Maria gehöre, von Maria kommst du zu Caroline, die dir wie eine Schwester war, von Caroline kommst du zu Stefan und zeigst ihr ein Foto von deiner Mutter und Stefan, als er fünf Jahre alt war. Sie erzählt nichts von sich aus. Du weißt nicht, was du fragen sollst, und als du nichts mehr zu erzählen weißt, nichts sagst, tritt diese Stille ein, die schwer auszuhalten ist. Small Talk oder Stille, eine unmögliche Situation. Stefan sitzt mit verschränkten Armen auf der Küchenbank, als wäre er dreizehn und bekomme Schimpf von seiner Mutter. Du fragst ihn, wie es ihm gehe. »Gut, ganz gut.«
»Und die Arbeit?«
»Gut, läuft gut.«

»Und wie geht es deiner Mutter?«
Stefan verdreht die Augen. »Auch gut.«
»Ist sie noch mit dem Unternehmer zusammen?«
»Ja, sie ist noch mit Johannes zusammen.«
»Und was arbeitet sie?«
»Was interessiert dich das? Ihr seid seit zwanzig Jahren geschieden!«
»Schon gut, schon gut, ich habe ja nur gefragt!«
Du schneidest drei Stücke Kuchen ab und teilst sie aus. Magda bedankt sich. Stefan verspannt sich.
»Es geht immer nur um sie, wenn wir uns sehen. Dann fragst du mich aus, was sie tut, mit wem sie es tut, wie sie über dich denkt, was sie sagt über dich. Ich interessiere dich nicht, ich habe dich nie interessiert!«
»Mit der Ruhe, Stefan, wir haben das doch besprochen.« Magda streicht ihm über die Schulter, Stefan atmet tief ein und aus. Dein Gesicht wird hart. Du hast erwartet, dass es nicht einfach wird, ihn wiederzusehen. Aber Vorwürfe von der ersten Sekunde an! Und was hat diese Frau mit deinem Sohn besprochen?
»Herr Gruber – Manfred –, ich begleite Stefan heute hierher, weil wir schon lange darüber sprechen, dass eine Klärung des Verhältnisses notwendig ist. Ich möchte ihn unterstützen bei einer Aussprache zwischen euch.«
Die Psychologin spricht wie eine Beraterin. Sie spricht in diesem Tonfall, der das Beste will, sanft und beruhigend. Dieser Tonfall wird aber den Weltuntergang herbeiführen. Sie sitzt nicht da als Schwiegertochter,

sie will in deiner Familie herumpfuschen. Plötzlich muss alles offenliegen, alles besprochen werden, alles analysiert und zurechtgerückt werden in der Gesellschaft, das ist alles ein verkackter Blödsinn. Seitdem funktionieren Familien nicht mehr. Seit man darüber spricht, dass Familien nicht funktionieren, werden Familien einfach für beendet erklärt. Es gab bessere Zeiten. Es gab Zeiten, in denen ausgehalten wurde. In denen Familien zusammengehalten haben und über die Differenzen geschwiegen wurde. Zerbrechen Familien, zerbrechen Leben. Du siehst Stefan an und siehst einen gebrochenen jungen Mann. Weil Elli sich scheiden lassen wollte.

»Manfred, ist das okay für Sie - dich?«

Du zuckst die Schultern. Sollst du Nein sagen? Sie schaut Stefan an und ermuntert ihn mit einem Nicken.

Er druckst. Löst seine Arme aus der Verschränkung, nimmt einen Schluck Kaffee, verzieht die Mundwinkel. Er ist so anspruchsvoll wie seine Mutter. Du siehst Elli in ihm, in seinen Augen, in seinem Schauen, in seinen Bewegungen, in seinem Urteil über dich.

»Ich habe Bilder in meinem Kopf, in denen du meine Mutter schlägst. Stimmt das?«

Du erschrickst. Starrst auf den Tisch. Drehst an deiner Kaffeetasse. Und wenn schon, denkst du. Was hat das jetzt noch für eine Bedeutung. Du zuckst die Schultern. Schweigen.

»Ich habe eine Erinnerung, in der du eine Bierflasche nach Mama wirfst. Das war an meinem fünften Ge-

burtstag, glaube ich. Ich kann mich an die Rutsche im Garten vor dem Haus erinnern. Die habe ich zum fünften Geburtstag bekommen.«
Stefan spricht, als breche er gleich in Tränen aus. Er ist ein Schwächling. Elli hat ihn zu einem Schwächling gemacht. Die Psychologin macht ihn zu einem Schwächling. Du drehst an der Tasse und schweigst. Was sollst du schon sagen.
»Es ist wichtig für deinen Sohn, zu wissen, was passiert ist.«

»Esst doch bitte den Kuchen. Ich habe mich bemüht. Er ist nicht besonders gut, etwas trocken, aber man kann ihn essen. Ich verspreche es.«
Du schaust Magda an. Sie hat diesen Blick. Diesen Ich-weiß-wie-das-geht-, Ich-habe-das-studiert-Blick. Voller Gutmütigkeit, das macht dich rasend.
»Was wollt ihr denn von mir? Ich mache euch Kuchen und sitze jetzt auf der Anklagebank?«
»Es geht nicht um Schuld. Es geht um Aufarbeitung.«
Dieser Tonfall macht dich rasend.
»Was soll ich denn sagen? Dass ich ein schlechter Mensch bin? Bitte: Ich bin ein schlechter Mensch! Geht es dir nun besser? Ich habe mich immer bemüht, Stefan. Ich habe alles für deine Mutter getan. Ich habe ihr ein Haus gebaut und mir den Arsch aufgerissen, damit sie das Leben bekommt, das sie sich gewünscht hat. Aber sie war nie zufrieden. Sie hat mich immer nur angemeckert, mich kritisiert, mich fertiggemacht, kein gutes Haar hat sie an mir gelassen. In ihren Augen war

ich nie genug. Ich sei zu wenig zu Hause, wir hätten zu wenig Geld, ich sei zu hart zu dir, ich sei ein Volltrottel ... Sie hat mich zur Weißglut getrieben!«
»Ich möchte jetzt feststellen, Gewalt kann nicht gerechtfertigt werden. Nichts, was Stefans Mutter getan hat, rechtfertig Ihre – deine – Gewalt, Manfred.«
»Sie ist gegangen! Ich wollte es nicht, ich wollte mich ändern, aber sie ist gegangen! Ich hab immer gezahlt für dich, ich weiß nicht, was ich sonst noch hätte machen sollen!«
Was maßt sich dieses dumme Mädchen überhaupt an? Was soll das? Treibt einen Keil zwischen dich und deinen Sohn, als wäre es ihr Geburtsrecht, Männer zu beschneiden! Du stehst auf, gehst zur Küchenzeile und holst dir eine Zigarette aus der Packung, die dort liegt. Nimmst den Aschenbecher und das Feuerzeug mit zum Tisch. Beide wedeln mit den Händen, sogar Milli sieht vom Schoß der Psychologin hoch.
»Magda ist schwanger, rauche bitte nicht neben ihr.«
Schock. Er ist so alt wie du, als Elli schwanger wurde. Du siehst die beiden an, wie sie ihre Hände ineinanderfalten und auf eine Reaktion warten, und du fühlst Verachtung. Fühlst Verachtung für die Naivität, die sie hier vereint, für den Gedanken daran, ein Kind sei etwas Gutes. Du atmest laut aus. Ein Kind ist der Untergang. Ein Kind wird sie zerstören. Sie wissen es noch nicht, aber Kinder zerstören die Liebe, die Beziehung, die Finanzen, die Persönlichkeit, das Leben. Du legst die Zigarette auf den Tisch. Die Psychologin muss eine gute Psychologin sein, denn sie erkennt dei-

nen Schock. Reagiert mit sanftem Ton, will Sicherheit für dich herstellen, und sie glaubt, Sicherheit stellt man her, indem man Pläne macht und Pläne erläutert.

»Stefan wird den Papa-Monat nutzen und in Karenz gehen. Wir verdienen beide gut, wir haben vereinbart, dass erst er und dann ich in Karenz gehen. Sobald wir einen Krippenplatz haben, werden wir beide in Teilzeit arbeiten. Uns ist es wichtig, viel Zeit mit unserem Kind zu haben. Sie sind nur einmal klein. Eine Bindung kann nur entstehen, wenn wir beide uns darum bemühen.« Sie lächelt Stefan an, Stefan lächelt verhalten zurück. Ganz klassisch: Ein Kind kommt, und die Frau übernimmt das Ruder.

»Wir wollen die Fehler unserer Eltern nicht wiederholen. Auch meine sind geschieden. Auch meine waren mit den Anforderungen überlastet. Wir bereiten uns vor. Deswegen ist es uns wichtig, mit dir ins Gespräch zu kommen, warum du diese Dinge gemacht hast. Ich will nicht, dass uns das Gleiche passiert.«

Sie drückt Stefans Hand. Sie hat alles in der Hand. Ihm wird es nicht besser gehen als dir. Sie wird Unmögliches von ihm verlangen, sie wird sich sein ganzes Leben einverleiben. Sie ist eine, die nicht nur Bemühen fordert, sondern Leib und Leben wie Elli.

»Ich gratuliere euch«, sagst du gepresst. »Du wirst Vater!« Und plötzlich wird dir bewusst, du wirst Großvater.

Tränen steigen auf, und obwohl du gedacht hast, du hättest keine mehr, seit dein Vater aufgehört hat, dir

und deiner Mutter nachzustellen, weil er sich die Kugel in den Kopf getrieben hat, weinst du sie. Plötzlich. Ohne Vorwarnung weinst du, weil du Großvater wirst.
Nun streicht Magda dir über die Schulter. Du weißt nicht genau, wann dich ein Mensch zuletzt berührt hat. Es müssen Wochen, Monate gewesen sein. Es ist dir unangenehm. Gleichzeitig wärmend. Es treibt die Tränen abermals aus deinem Körper, der keine Tränen mehr hatte und jetzt so tut, als habe er nur auf das Öffnen der Schleusen gewartet. Du bist verwirrt. Du wirst Großvater. Du siehst dich von außen als lächerlichen alten Mann. Als Mann, der vor seiner Schwiegertochter weint, vor seinem Sohn! Das ist ein abgekartetes Spiel. Die beiden legen es darauf an, dich zu beschämen. Du sitzt da, und die Tränen fallen auf den trockenen Kuchen auf dem Teller.
Habt ihr euch das gut überlegt? Wie weit bist du? Kannst du es noch verhindern?, willst du fragen. Du weißt, du darfst das nicht. Ein Kind ist gut, ein Kind wird als etwas Gutes angesehen in dieser Welt. Nur dein Kopf, der anders denkt, der weiterdenkt als andere Köpfe, der schlägt dir diese Fragen vor, die nicht ausgesprochen werden dürfen. Du sagst: »Herzlichen Glückwunsch!«
Beide lächeln. Sehen sich lächelnd an. Freuen sich über deine Reaktion. Du befreist dich aus ihrer Berührung, indem du aufstehst und dir ein Küchentuch holst. Wischst dir dein Gesicht damit ab. Du hältst dieses Glück an deinem Tisch nicht aus. Aber du

musst an dich selbst denken und ansprechen, was du dir vorgenommen hast, auch wenn sich die Variablen geändert haben. Du wirst auf Haus und Garten verzichten, wie es sich deine Mutter von dir gewünscht hat. Du wirst ihnen das Haus schenken, und du wirst ausziehen. Denn schließlich bekommen sie ein Kind. Schließlich werden sie Familie.

»Stefan, ich wollte mit dir ohnehin darüber sprechen. Ich würde dir gerne mein Haus, das Haus deiner Großmutter, überschreiben. Jetzt, da ihr eine Familie gründet«, du bekommst das kaum über die Lippen, »ist der Zeitpunkt wohl ein guter. Schließlich musst du nun für Frau und Kind sorgen.«

Magdas Gesichtsausdruck wird unangenehm. Sie starrt auf den Kuchen. Sie hat noch keinen einzigen Bissen davon gemacht. Als glaubte sie, sie würde damit ihr Kind vergiften.

»Ich werde nicht Frau und Kind versorgen, Manfred.« Er sagt nicht Papa zu dir. Auch nicht Vater. Wirst du Großvater sein dürfen?

»Wir werden beide das Kind versorgen. Wir brauchen das Haus nicht. Wir wollen keine Verpflichtungen eingehen und nachhaltig leben. Weniger ist mehr, wenig Geld ist mehr Zeit, mehr Zeit ist mehr Freude. Wir haben viel darüber gesprochen. Ein Haus ist ein Klotz am Bein. Wir wollen freier sein. Wir wollen unabhängig bleiben. Nichts kaufen, das wir nicht unbedingt brauchen.«

»Blödsinn. So funktioniert das nicht, Sohn. Ihr werdet heiraten und ein Kind gemeinsam haben. Eure Pläne in Ehren, aber so wird das nicht funktionieren. Sie wird stillen, wird zu Hause bleiben, sie muss Mutter sein. Außerdem hat sich das deine Oma gewünscht. Sie hat immer gesagt, der Stefan, der Stefan ist geschickt, der wird was aus dem Haus machen.« Du wirst dir den Arsch für die beiden aufreißen müssen wie ich damals, willst du noch sagen, tust es aber nicht.

»Wir werden nicht heiraten«, sagt Magda. »Und wir brauchen kein Haus.«

»Schon gar nicht dieses, Manfred. Es fällt auseinander. Du brauchst ein neues Dach, solltest isolieren, du hast keine anständige Heizung. Sieh dir den Garten an, er ist vollkommen verwahrlost. Außerdem steht es an der Bundesstraße. Das ist kein Ort, um ein Kind aufzuziehen. Das ist eine Bruchbude, das wäre unser finanzieller Ruin. Wir haben uns für eine Genossenschaftswohnung mit Garten angemeldet.«

»Deine Großmutter hat ihr Leben lang für dieses Haus geschuftet. Wo bleibt dein Respekt?«

Jetzt zündest du dir die Zigarette an. Es ist dir egal. Wo bleibt die Dankbarkeit?

»Mach die Zigarette aus! Hättest du dein Leben lang ebenfalls für dieses Haus geschuftet, es gepflegt, es saniert, es schlicht *erhalten*, sähe die Sache anders aus! Aber du lebst von Sozialhilfe, anderer Leute Steuergeld und liegst faul herum.«

»Ich habe schon Steuern gezahlt, da warst du noch nicht auf der Welt! Ich habe meine Pflichten immer erfüllt. Deiner Mutter gegenüber, dir gegenüber, mei-

ner Mutter gegenüber. Ich bin der Einzige hier, für den noch nie gesorgt wurde! Also maße dir nicht an, über meine Situation zu urteilen. Du hast keine Ahnung!«
»Mach die Zigarette aus!«
»Es ist mein Haus, du hast mir hier nichts zu befehlen.«
»Dann gehen wir!«
»Dann geht ihr eben!«
»Komm, Magda, wir gehen. Ich habe es dir doch gesagt.«
Beide stehen auf und gehen, ohne ein Stück Kuchen gegessen zu haben. Sie spannen den Regenschirm auf und treten aus der verschmähten Bruchbude, laufen durch den verwahrlosten Garten. Du rufst ihm hinterher: »Kauf dir anständige Hosen! Deine Großmutter würde sich im Grabe umdrehen!«
Sie verschwinden wortlos, und du stehst in der Tür und siehst ihnen nach. Du machst einen Zug von der Zigarette und wirfst sie danach in den Garten. Es ist dir egal. Der Garten ist dir egal, das Haus ist dir egal, Stefan ist dir egal, sein Kind ist dir scheißegal. Alles ist dir egal.

16
Du

Die Tür wirfst du ins Schloss und gehst in die Garage. Du nimmst den Hammer von der Werkbank und wirfst ihn gegen die Wand. Du nimmst den Schraubenschlüssel, bündelst alle Kräfte und wirfst ihn ebenso gegen die Wand. Die Wucht hinterlässt einen Krater. Dann schreist du. Über Respekt schreist du dich aus und über Würde, über scheiß Psychologen und sämtliche hirnverbrannte Idioten. Du wirfst den Schraubenzieher gegen das Garagentor, und es scheppert laut. Dann schaust du wild auf die Garagendecke und beschimpfst deine Mutter. »Lass mich in Ruhe und fahr endlich zur Hölle.« Du hebst den Schraubenzieher auf, und dein Blick fällt auf die Kiste Bier. Alles egal. Mit dem Schraubenzieher öffnest du es. Du trinkst es fast in einem Zug leer. Und es schmeckt. Wieso hast du damit aufgehört? Was hat es gebracht, damit aufzuhören? Nichts hat es dir gebracht. Es hat dir keinen Job gebracht, es hat dir keine Frau gebracht, es hat dir unzählige, elend lange, stinklangweilige Tage gebracht, an denen du den Kühlschrank summen und die Uhr penetrant ticken und den Regen auf die Fensterscheibe prasseln hörtest. Du hast aufgehört zu trinken, und es hat dich trotzdem niemand geliebt. Du trinkst die Flasche leer und machst dir gleich eine weitere auf.

Nun hast du einen Rausch. Diesen Rausch hast du dir verdient. Nichts schenkt dir das Leben, aber diesen Rausch hast du dir verdient. Es ist der Lohn für den Hasenstall, es ist der Lohn für die Pflege deiner Mutter, es ist der Lohn für das Angebot an deinen Sohn. Was kannst du dafür, dass ihn Elli zu einem solchen Deppen erzogen hat. Er wird es schon sehen, wird sich wundern, zu welcher Furie seine Freundin wird. Eine Psychologin! Sie wird alles auf dich schieben, jeden Furz wird sie dir zuschieben, für all das, was sie von Stefan verlangt und er nicht auf die Reihe bekommt, wirst du die Ursache sein! Dabei hast du nichts mit ihm zu tun! Gar nichts! Du hättest ihn härter rangenommen, hättest ihn nicht verhätschelt wie Elli, bei dir wäre er durch die harte Schule gegangen. Es hatte schon seine Berechtigung, dass dein Vater bei dir zugelangt hat! Deine Mutter ist schuld, dass aus dir geworden ist, was du eben bist: ein Verlierer. Du bist ein Scheidungskind, dein Sohn ist ein Scheidungskind, dein Enkel wird ein Bastard! Weil die Mütter versagt haben, nicht die Väter!
Du säufst die vierte Flasche aus und machst dir die fünfte auf. Milli maunzt, sie will flüchten. Na, dann geh doch! Geh zu Maria! Wenn ich dir nicht genug bin, du Scheißvieh! Du öffnest die Garage, sie flüchtet durch den Spalt. Du trittst in den Garten, siehst dich um. Ja, dein Garten ist Chaos! Na und? Dann wächst wenigstens etwas. Das Gras ist hoch, das Laub liegt noch vom Herbst darauf, es wird sich von allein zersetzen und den Rasen düngen. Die Insekten werden hier eine Party

feiern, die Ameisen der Königin dienen, die Drohnen werden die Bienenkönigin zufriedenstellen, das wollt ihr doch! Ihr seid doch alle schizophren, wenn ihr Gehorsam von den Menschenrobotern verlangt, aber die Insekten ausrotten wollt mit eurem millimeterhohen Rasen und den gestutzten Sträuchern und den geschnittenen, begradigten Bäumen in euren Vorgärten! Wo nur Zierpflanzen wachsen, aber kein Gemüse, keine Früchte, keine Kräuter. Weil ihr alle keine Zeit habt dafür! Weil ihr alle morgens zur Arbeit lauft und abends erschöpft nach Hause kommt! »Aber dann den Erdäpfelsalat abstauben wollen, Mitzi!«, schreist du über den Zaun. Du gehst zur anderen Seite und schreist: »Und ihr den billigen Hasenstall, weil ihr selbst nicht in der Lage seid, mit den Händen etwas zuwege zu bekommen! Ein Tischler würde Unsummen verlangen, ist euch das klar!« Du schreist durch den Regen, und der Regen dämpft deine Schreie, als verbiete die Natur dir deine Wut. Das macht dich rasend. Du gehst hinein ins Haus, öffnest jedes Fenster, öffnest die Terrassentür, die Haustür und legst den Ambros auf. Stellst ihn auf volle Lautstärke, stellst dich mit dem Bier in den Garten und säufst. Grölst den Text zum Lied:

I wollt lebn
Nix wia lebn –
Doch i hoit's net aus
Wia's is, so kann's ned bleibn
Mei Hass is grenzenlos
An Briaf werd i no schreibn

In dem steht: Waants nua
Es seits gezeichnet fia eicha Lebn
I hob ma ned anders zum helfn gwusst
I hob ma miassn de Kugl gebn
Jo waants nua, es seits gezeichnet fia eicha Lebn –
Waants nur!

Du hoffst, sie hören dich alle. Maria, Herbert, du hoffst, die Caroline ist grad bei ihnen. Die Hasenstallfamilie, Lara, sie alle sollen dich hören. Und der LKW-Fahrer auf der Straße und jeder Einzelne da draußen in dieser beschissenen Welt soll dich hören, weil du jetzt Schluss machen wirst. Du gehst in die Garage und durchsuchst jede Kiste. Die Kisten mit angesammelten Dingen aus sechs Jahrzehnten schaust du dir durch. Die alten Fotos, die alten Lampen, die alten Bücher, die alten Dokumente deiner Mutter, die Wintermäntel deiner Mutter, die alten Schuhe, lauter ranziges Zeug, aber du findest sie nicht. Du findest die Waffe einfach nicht. Jede Schachtel holst du aus dem Regal, jede Werkzeugkiste, öffnest den Schrank und wirfst alles heraus, nichts. Sie ist nicht da. »Wo zur Hölle hast du sie versteckt!«, rufst du in den Himmel, in die Hölle, aber deine Mutter antwortet dir nicht. Dann weinst du, die verdammten Schleusen hat diese blöde Psychologin geöffnet, und jetzt säufst und heulst du und findest die beschissene Waffe deines Vaters nicht. Du wirfst die Flasche auf den Boden, sie zerschellt. Du überlegst, es mit den Scherben zu versuchen. Es ist dir zu unsicher. Du schaffst es wieder nicht. Du bist zu nichts zu gebrauchen, nicht mal verrecken kannst du. Für heute gibst du auf, schließt die Türen, die Fenster, die Garage, stellst die Musik ab. Legst dich auf die Couch und hörst das penetrante Ticken der Uhr, den summenden Kühlschrank. Stellst den Fernseher an. Schaust irgendeine Universumsdokumentation auf Servus TV, bis dir die Augen zufallen.

17
Kristina

Hallo, Schatz. Kommt herein, ihr Lieben. Du bist krank, Marcus? Kleine Rotznase. Darfst du heute eben auch bei deiner Oma bleiben. Hunger? Das Frühstück steht auf dem Tisch! Was hast du da am Auge? Mariana, du musst ihn verlassen! Aber er schlägt dich! Was willst du tun, wegen des Geldes bei ihm bleiben? Geht rein, setzt euch zu Tisch, aber wartet noch auf mich! Kaspar, komm herein! Komm kurz rein, Mariana, die Hunde laufen dauernd raus. Eine Stunde länger? Schatz, du kannst nicht dauernd Überstunden machen. Lass Kaspar in Ruhe, Marcus, du weißt, er mag das nicht! Zahlt er dir wenigstens gut? Siehst du! Geh doch einfach pünktlich, was soll er sagen? Du bist gut, in dem was du tust, er wird dich nicht rausschmeißen! Ich bin müde, Mariana. Die Buben sind anstrengend! Bis fünf ist eine lange Zeit, und es regnet, dann wollen sie nicht raus. Vor den Fernseher setze ich sie nicht gern, da spielt es nur Blödsinn. Na gut, ich lasse mir etwas einfallen. Du musst ihn verlassen, Mariana. Du kannst zu mir ziehen für eine Weile. Ihr schlaft im Schlafzimmer, ich schlafe auf der Couch. Natürlich wird es eng, aber er wird dir Alimente zahlen müssen, und dann finden wir dir eine Wohnung! Er muss, da kümmert sich doch das Amt darum! Ja, stimmt, wenn er in die Slowakei zurückgeht … gibt es da keine Handhabe?

Du glaubst, das würde er tun? Ach, so eine Zwickmühle. Ich mache mir Sorgen, Mariana! Die Kinder bekommen das doch mit! Ich komme gleich! Na gut, schönen Arbeitstag, Liebe. Aber sei um fünf da, bitte!
Lass das, Lieber! Komm, gib mir die Gabel. Das ist kein Spielzeug. Gib sie her! Magst du ein Müsli, Marcus? Patrick, Gurke? Käse? Wer mag Trauben? Bleib sitzen, Noah. Kaspar und Petzi geben wir nichts, okay? Die betteln sonst dauernd. Was hab ich gesagt, Noah! Kein Käse für die Hunde! Wir bekommen heute Besuch! Manfred wird kommen und uns ein Schnitzel braten! Ja, ein Wiener Schnitzel! Nein, ihr kennt ihn nicht. Manfred heißt er. Ein Freund von mir. Wir kennen uns schon sehr lange. Früher sind wir oft gemeinsam spazieren gegangen. Ja, der ist nett. Ihr werdet schon sehen, ja, der ist nett. Wie er aussieht? Er hat graue Haare, viele sind schon ganz weiß. Einen Stoppelbart hat er und eine große Nase. Ja, wie ein Zauberer. Sollen wir ihm später einen Zauberhut basteln? Mit Sternen und mit Glitzer? Ja, das machen wir. Erst noch aufessen, Noah, dann können wir basteln. Der Manfred kommt zu Mittag. Ja, ich hoffe er hat Preiselbeeren mit! Sonst haben wir auch noch welche, glaube ich. Noah, bleib bitte sitzen! Magst du noch eine Gurke? Hier. Man wirft kein Essen auf den Boden! Lass das! Wenn du die Gurke nicht magst, dann gib sie mir. Nein, Kekse gibt es jetzt nicht! Auch keine Kaugummis! Eine Banane kannst du haben. Na, dann nicht, Kekse gibt es trotzdem nicht!

Alle fertig? Dann räumen wir mal den Tisch auf. Noah, bleib hier und hilf! Deine Brüder helfen auch, schau! Wir werden nicht basteln können, wenn du deinen Teller und deinen Becher nicht in die Maschine stellst. Noah, räum auf! Wird's bald!
Geht doch. Sehr gut, und, war das so schwer? Machst du das bei deiner Mutter auch? Das geht aber nicht! Du musst brav sein, deine Mama hat so viel zu tun! Die braucht keine schlimmen Kinder zu Hause. Ihr müsst ihr helfen. Sie muss viel arbeiten! Sie braucht eure Hilfe! Da, hier der Hustensaft, und putz dir die Nase, Marcus. Und die Tropfen bekommst du auch, warte. Doch, die musst du nehmen! Dann kannst du bald wieder in den Kindergarten gehen, Marcus. Der Schnupfen stört dich doch auch, nimm die Tropfen, dann ist es bald wieder gut. Jetzt nimm sie! Nimm sie schon, sonst halte ich dich fest und schieb dir den Löffel in den Mund. Doch, das darf ich! Weil es gesund ist! Soll ich dich festhalten? Na warte. So. Mund auf! Mund auf! Mach den Mund auf! Rein damit. Selber schuld, ich hab es dir gesagt! Wer nicht hören will, muss fühlen. Brauchst gar nicht zu heulen, junger Mann, glaubst du, mir macht das Spaß?
Ich hole Papier und die Schere. Ja, Klebstoff hole ich auch. Setzt euch an den Tisch. Hier ist eine Zeitung, legt mal das Papier aus! Damit wir nichts anpatzen, Noah. Nicht zerknüllen, nur hinlegen, so! Ja, du bekommst einen Saft. Gleich bekommst du einen Saft. Marcus, bitte, schnäuze dich, wenn dir der Rotz rinnt. Nicht in den Pullover wischen! Schau, wie das aus-

sieht. Weißt du, wie viel Arbeit das ist, dauernd eure Sachen zu waschen?
Geht aus dem Weg, ihr Schnuffis. Das Essen ist schon weg, ihr braucht nicht mehr zu betteln. Geht Decke! Ab auf die Decke! Hier ist die Bastelkiste, ihr Lieben. Ihr dürft jedes Werkzeug nehmen, aber nur so verwenden wie gedacht. Mit dem Kleber kleben, mit der Schere schneiden, mit dem Stanzer stanzen. Ja genau, Noah, sag stanzen. Stanzen! Stanzen! Du bist süß. Ein Herz gestanzt, einen Stern gestanzt, einen Kreis gestanzt. Toll machst du das! Das machst du wirklich toll. Sollen wir einen blauen Hut rollen, Patrick? Schau, hier haben wir ein großes blaues Papier, was hältst du davon, wenn wir den Zaubererhut daraus machen. Ich zeichne dir eine Linie auf, und du schneidest entlang. Genau so. Toll machst du das! Marcus, lass das! Wirst du aufhören jetzt! Der Kleber kommt nur auf das Papier! Sag, was soll das! Gib ihn her, bevor es kracht! Was ist denn heute mit dir los!
Warte, Noah, ich muss zum Telefon. Wo ist es denn? Marcus, lass das! Hallo? Ja. Hallo. Aha. Fit to work? Da war ich schon einmal. Der Kurs hat mir gar nichts gebracht, muss das sein? Aber ich habe doch die Bestätigung vom Arzt. Vom Psychiater. Der Befund liegt Ihnen doch vor! Was heißt, da steht nicht oben, dass ich nicht arbeitsfähig bin. Natürlich steht das nicht oben, ich bin doch arbeitsfähig. Ich kann von zu Hause aus arbeiten. Öffentliche Verkehrsmittel sind unzumutbar. Aber das gilt für kleine Gruppen auch, nur weil bei Fit to work kleine Gruppen … Marcus, lass

das! Wirst du aufhören jetzt! Entschuldigen Sie ... Ich übernehme die Kinderbetreuung für meine Enkel. Der Kindergarten nimmt keine verschnupften Kinder, und der Kleine hat keinen Krippenplatz. Ich weiß, dass ich dem Arbeitsmarkt zur Verfügung stehen muss! Das tue ich ja! Im Homeoffice kann ich arbeiten. Ja sagen Sie mir, wo ich einen Homeofficejob herbekomme, in der Gesundheitsstraße haben sie mich arbeitsfähig für Homeoffice geschrieben, aber nicht gesagt, wo ich so einen Job finde! Wann beginnt der Kurs? Gut. Marcus, wird's bald! Aha. Wann ist das Erstgespräch? Habe ich mir notiert. Auf Wiedersehen.
Marcus, schau, was du angestellt hast! Jetzt ist ein Loch im Tisch! Was soll das? Das werde ich deiner Mutter erzählen. Geh jetzt in die Ecke und denk darüber nach, was du getan hast! Da rüber stellst du dich!
So. Noah, du hast schöne Sterne ausgestanzt, toll. Und Patrick, du bist mit Ausschneiden fertig? Toll. Wir rollen das Papier jetzt zusammen, siehst du, da entsteht ein Spitz, wie ein Hut von einem Zauberer. Hier kleben wir ihn zusammen. Und die Sterne kleben wir auch darauf. Marcus, was ist los? Mein Gott, komm, ab ins Klo! Wieso hast du mir nicht gesagt, dass dir schlecht ist? Du armer Bub. Bist kränker, als ich gedacht habe. Geht es so? Eurem Bruder geht es nicht besonders. Speiben, ja, Noah, Marcus speibt, da hast du recht. Patrick, holst du ein Handtuch aus dem Bad? Sehr gut. Warte, ich trage dich zum Sofa. Patrick, im Schrank unter dem Kühlschrank, da ist eine große Schüssel. Holst du mir die? Geht es, Marcus? Schlecht

ist dir, ja. Hier ist eine Schüssel, warte, ich leere noch das Glas Wasser hinein. Wenn du speiben musst, dann hier rein, okay? Ich mache mal das Eck sauber. Noah, das ist lieb, lass mich das machen. Schau, du steigst rein! Jetzt bist du auch schmutzig. Warte, ich habe irgendwo noch ein Ersatzgewand. Die Socken kannst du ausziehen. Toll machst du das. Und die ziehen wir jetzt an. Warte, lauf nicht davon! Der Boden ist kalt, du wirst dich auch verkühlen! Jetzt warte, lass mich die Socken anziehen, Noah, bleib! Wo ist den Patrick? Patrick! Was tust du auf der Toilette? Das Wasser darin ist grauslich! Ganz schmutzig! Komm raus da! Setz dich vor den Fernseher. Ihr dürft eine halbe Stunde schauen, okay?
Ja, wir gehen dann raus. Aber jetzt geht auf die Decke. Auf die Decke!
Wo ist das Telefon. Ach, da ist es.
Mariana? Ich muss wieder in einen Kurs gehen. Ich hab das Erstgespräch schon übermorgen. Du musst dir etwas wegen der Kinder überlegen, ich kann mich nicht schon wieder krankschreiben lassen. Gibt es nicht Pflegeurlaub? Aber Matus kann doch in Pflegeurlaub gehen. Was heißt, seine Firma akzeptiert das nicht. Das sagt er doch nur so. Aber er ist doch nicht unersetzlich! Mariana, dann musst du dich krankschreiben lassen! Ich kann nicht auf sie achtgeben, ich verliere sonst mein Arbeitslosengeld! Was heißt, ich lasse dich im Stich! Ich schaue jeden Tag auf Noah und Patrick! Ja weil ich muss, in den Kurs muss ich, was soll ich tun, glaubst du, ich gehe da gerne hin? Was soll ich denn machen?

Marcus hat sich übergeben, du musst mit ihm zum Arzt. Ich kann nicht mit den Kindern zum Arzt. Ich halte das nicht aus, im Wartezimmer. Na, die anderen Leute. Was heißt, ich bilde mir das ein, ich kann nicht mit Fremden, du weißt das!

Wird auch ohne Arzt gehen. Er kotzt doch bloß.

Gut. Bis zum Abend, tschüss.

Hallo Manfred, wann kommst du? Kannst du Zwieback mitnehmen?

Wie geht es dir, Marcus, schon besser? Manfred wird dir Zwieback mitnehmen. Ja, der Zauberer. Er wird dir das Schlechtsein wegzaubern. Dir ist auch schlecht, Noah? Warte, ich reibe dir dein Bäuchlein, komm auf meinen Schoß. Was schaut ihr denn da? So ein Blödsinn! Lasst uns umschalten. Doch, das ist nichts für kleine Kinder! Ja, bald bist du ein Schulkind, Marcus, aber das ist auch nichts für Schulkinder. Ich schalte jetzt um, basta. Wie spät ist es denn? Gib mir mal mein Handy, Patrick. Warte, Noah, ich muss kurz ... Schön in die Schüssel, Marcus, ja, sehr gut machst du das. Alles draußen? Schau, da schwimmt eine Gurke! Du musst gut kauen, siehst du, die ist viel zu groß für deinen kleinen Bauch! Ich leere es aus, warte. Oder kommt noch was? Aufs Klo? Ja dann schnell! Wahrscheinlich eine Magen-Darm-Grippe, toll. Wie geht es euch? Bleibt noch alles drinnen? Sehr gut, ich kümmere mich um Marcus, ihr dürft fernsehen. Marcus, geht es? Du bist schwach, ich sehe es. Wird schon wieder gut werden. Heute wird dir noch schlecht sein, morgen ist alles wieder gut. Die Mama ist auf der Arbeit. Nicht weinen, kleiner Mann. Ja, ich weiß, du willst bei deiner Mama sein. Die kommt am Abend und holt dich ab. Warte, ich hole dir ein Glas Wasser.

Manfred, wann kommst du? Kannst du auch bei der Apotheke vorbeischauen und etwas gegen Durchfall holen?

Oje! Noah, bitte in die Schüssel! Hilf ihm, Patrick! Du bist eine große Stütze, Patrick!

Dafür kannst du das Schnitzel zu Hause lassen, die Kinder kotzen.

Schau, dass er in die Schüssel trifft, okay? Hier dein Glas Wasser. Bist du fertig? Ja, der Popo brennt. Das ist unangenehm, ich weiß. Ich habe noch irgendwo Feuchttücher. Wie spät ist es? Wo bleibt denn Manfred? Der Zauberer, ja, der wird euch gesundzaubern. Aber er sollte schon hier sein. Ich rufe ihn einmal an. Er geht nicht ran.

Ihr müsst auch schon. Wartet, ich gehe kurz zu Sigrid rüber, ihr könnt weiter fernsehen. Na, dann kommst du eben mit, Noah. Na, komm!

Hallo Sigrid, ich hab heute alle drei Kinder, und Noah und Marcus geht es nicht gut, sie übergeben sich. Könntest du mit den Hunden rausgehen? Du bist eine Perle, ich mache sie dir fertig. Es reicht einmal um den Block. Danke!

Kaspar, Petzi, kommt, kommt! So, Geschirr, Leine, brav. Die Sigrid geht mit euch raus. Ich komme gleich wieder, ich bringe nur die Hunde zu Sigrid!

Hier, vielen Dank noch mal! Hier sind ein paar Leckerlis und die Sackerl. Wie viel Zeit hast du denn? Wie spät ist es denn? Glaubst du, geht es sich aus, dass du

zur Apotheke gehst? Ich weiß, das wird knapp, aber ich habe nichts gegen Durchfall zu Hause. Du bist eine Perle, Sigrid, vielen Dank. Warte, ich hole Geld, okay, du bekommst es später. Vielen Dank, Sigrid!
So. Was schaut ihr denn schon wieder? Ich hab gesagt, das ist nichts für kleine Kinder. Noah schläft, psst, leise sein. Marcus, magst du dich auch hinlegen? Du siehst auch müde aus. Ich hole dir ein Polster und eine Decke, wir machen es dir gemütlich.
Patrick, ich glaube der Zauberer kommt heute doch nicht. Nein, ich kann dir kein Schnitzel machen, ich habe kein Fleisch zu Hause. Ja, schade. Nicht weinen. Ich brate dir morgen ein Schnitzel, okay? Wenn du dich nicht angesteckt hast bei deinen Brüdern. Ich verspreche es, ja. Magst du dafür ein Nutellabrot? Ja, heute bekommst du von mir ein Nutellabrot, aber psst, das ist unser Geheimnis. Marcus darf heute kein Nutellabrot essen, das ist nicht gut für seinen Bauch. Das gefällt dir, gell? Psst. Psst! Da grinst du. Schau, jetzt ist Marcus auch eingeschlafen. Sollen wir den Hut fertig basteln? Klebt er schon gut? Dann müssen noch die Sterne rauf. Und der Glitzer, ja!
Warte, das wird Sigrid sein, ich hätte ihr sagen sollen, sie soll klopfen. Sie sind eh nicht aufgewacht. Klebst du die Sterne weiter an? Ich mache ihr auf.
Manfred! Ich habe gedacht, du kommst nicht. Ich habe dir eine SMS geschrieben. Hast du getrunken? Du bist betrunken! Nein, so kommst du hier nicht rein. Geh, die Kinder sind krank, geh! Du weckst sie auf, wenn du so laut bist! Geh, Manfred! Patrick, geh

wieder in die Küche, bitte! Nein, ich will kein Schnitzel, nicht wenn du betrunken bist! Die Kinder auch nicht, sie sind krank. Ich mache jetzt zu! Hallo Sigrid, danke, nein, der Herr geht jetzt nach Hause! Lass Sigrid in Ruhe, sie will auch kein Schnitzel! Danke fürs Hundeausführen. Nein, die Hunde wollen auch kein Schnitzel! Du bist betrunken, Manfred, geh nach Hause und schlaf deinen Rausch aus. Wie viel, Sigrid? Warte, ich hole die Geldbörse. Manfred, bleib draußen, bitte! Ich hole die Polizei! Ja, das mache ich, wenn du nicht sofort gehst! Geh doch!

Hier, Sigrid, ich habe nur einen Zehner, den Rest bekommst du morgen. Sicher. Er ist ein Freund. Ihm geht es nicht so gut. Ich glaube, er ist depressiv oder so. Dass er wieder trinkt, das macht mir Sorgen. Du hast schon recht, man muss sich fernhalten von solchen Männern. Aber gibt es überhaupt noch Gute? Da geht es uns wohl gleich! Na, wir haben ja uns! Vielen Dank noch mal, Sigrid, du warst meine Rettung!

So, zur Decke! Ab auf die Decke.

Nein, Patrick, der Zauberer ist kein böser Zauberer. Der hat nur einen schlechten Tag. Der Papa hat auch manchmal einen schlechten Tag? Ja, dann reden die Leute komisch, gell? Warte, ich brauche jetzt auch eine Medizin. Ich hatte doch noch eine Flasche, wo ist sie denn. Das tut gut. Ja, ich hab auch Bauchweh. Du auch? Das ist eine Medizin nur für Erwachsene. Du hast einen schönen Zauberhut gebastelt, Patrick. Den zeigen wir heute deiner Mama, die wird stolz auf dich sein.

Schau, deine Brüder wachen auf. Oh, Noah, warte, ich bringe dir eine Schüssel!
Nein, ich weine nicht wegen dir, Noah, du hast die Schüssel toll getroffen, schau her! Manchmal müssen Erwachsene auch weinen. Nein, nicht wegen euch. Ich bin nur ein bisschen müde. Und ich hätte auch gerne ein Schnitzel gehabt. Ihr weint doch auch manchmal, wenn ihr müde und enttäuscht seid! So geht es mir heute auch. Der Hut passt dir aber gut! Du willst die Tränen wegzaubern! Schau, Patrick, du bist ein toller Zauberer, die Tränen sind weg! Du hast sie weggezaubert! Alles wieder gut.
Wer mag das denn sein? Wie spät ist es denn? Die Post kann es nicht sein, die kommt nicht so spät. Warte, Schatz, ich muss aufmachen.
Mariana! Was machst du denn schon hier? Er hat dich gefeuert? Wegen des Pflegeurlaubs? So ein Scheißkerl. Was wird Matus sagen? Komm in meine Arme! Das wird schon wieder. Darf er das überhaupt? Wegen des Pflegeurlaubs? So ein Scheißkerl. Nein, das sagt man nicht, Patrick, da hast du recht. Ach, Schatz, das tut mir leid. Wir müssen uns was überlegen. So kann das nicht weitergehen. Wollt ihr hierbleiben? Nur heute Nacht, du kannst ihm ja sagen, dass die Kinder ihn sonst anstecken werden. Na, ist das ein Plan? Sicher, Schatz, komm in meine Arme. Und jetzt trink mal eine Medizin, hier, das ganze Glas muss runter, Liebe! Wir machen es uns heute gemütlich.
In die Schüssel, Marcus, toll machst du das!

Montag, der 29. April 2019

18
Du

Auch am fünften Montag im April wachst du früh auf. Bist wie gerädert, dein Rücken, die Schultern, der Magen. Ein dusseliges Kopfgefühl, ein Vergiftungsziehen in den Nerven. Das kommt vom Rausch. Das kommt vom Bier. Du hast gestern wieder ein paar Flaschen getrunken. Die Blase drückt, gehst im Vermeidungsgang zum Klo, du stehst da fünf Minuten. Es zieht mehr als sonst beim Pinkeln. Du stöhnst laut und hasst deinen Körper. Dann legst du dich noch einmal hin, kannst aber nicht wieder einschlafen. Liegst da in deinem Bett, siehst auf die Decke und die Risse in der Holzvertäfelung, denkst an Bienenköniginnen und rauchst eine. Versuchst, dein linkes Bein ruhig zu halten, versuchst, die Bettdecke nicht zu bewegen, drapierst den Zeh so, dass er nicht berührt wird. Drückst die Zigarette aus, drehst dich auf die Seite, schließt die Augen, denkst an dein Haus. Du drehst dich auf den Rücken, stöhnst dabei, der Zeh. Du siehst die Risse und hörst die Stimme deines Sohnes. Bruchbude. Zündest dir eine Zigarette an und starrst weiter an die Decke. Du brauchst eine Lösung. Die Lösung ist nicht, zu trinken und Kristina nachzulaufen. Die Lösung ist nicht, auf den Notartermin zu warten. Die Lösung ist nicht, Bewerbungen zu schreiben. Die Lösung ist nicht, nichts zu tun. Plötzlich hörst du Vogelgezwitscher durch den Fensterspalt. Eine Stimme ist darun-

ter, die gestern noch nicht zu hören war. Ein Kuckuck. Wenn der Kuckuck zu hören ist, sind die rauen Nächte vorbei. Du drückst die Zigarette aus, gehst im Vermeidungsgang zum Fenster, öffnest die Vorhänge. Zu deiner Verblüffung scheint die Sonne.
Im Vermeidungsgang gehst du die Stufen hinab in die Küche. Du machst dir Kaffee, siehst auf die penetrant tickende Uhr, es ist immer noch früh. Du machst die Terrassentür auf, stehst in Boxershorts in der frischen Luft und lässt die ersten Sonnenstrahlen auf dich wirken. Nicht ungut, denkst du. Du ziehst dir die Gummistiefel vorsichtig über und wanderst im Vermeidungsgang durch den Garten. Die aufgelockerte Erde hat sich wieder verdichtet, du musst noch einmal mit dem Spaten ans Beet. Die Linde treibt bereits Knospen aus. Die Kornelkirsche blüht! Du hast das die letzten Tage nicht bemerkt. Du hast nur ferngesehen, bist nicht nach draußen, hast dich versteckt. Vor Kristina, deinem Sohn, vor dir selbst. Du hast dich geschämt. Hast dich die Woche über von Schnitzel ernährt und bei jedem Essen an sie denken müssen. Und wie du jetzt dastehst vor ihr. Als saufender Verlierer, der Versprechen macht und nicht hält, der Frauen und ihre Enkel im Stich lässt. Aber das hat sie wohl schon vorher gewusst, sonst wäre sie eingezogen. Vor dir hüpft eine Amsel etwas ungeschickt umher. Du gehst in die Knie, dabei fährt dir der Nadelstich unter dem Fußnagel bis tief in den Ballen. Die Entzündung hat sich ausgeweitet. Die Amsel hat nur einen Fuß. Sie hüpft in etwa drei Meter Entfernung auf einem Fuß vor dir

durch das Geäst der Kornelkirsche und die aufgelockerte, aber wieder verdichtete Erde des Beets. Du fragst dich, wo der zweite Fuß abgeblieben ist. Wurde sie mit nur einem geboren? Wurde er ihr abgerissen? Wie hat sie das überlebt, das muss doch eine Wunde gegeben haben. Die hätte sich doch, wie dein Zeh, entzündet. Wie konnte sie überleben? Das Hüpfen durch den Garten sieht unbeholfen aus, aber sie macht das geschickt. Vielleicht braucht sie Hilfe. Du schleichst langsam auf sie zu, gehst in die Hocke, stützt dich in der noch feuchten Erde ab, dein Zeh schmerzt. Sie wird deiner gewahr, sieht dich an, hüpft ein Stück davon. Du arbeitest dich weiter in ihre Nähe, beugst dich weit nach unten, lugst von unten auf ihren Bauch, möchtest sehen, wie der Stumpf aussieht, ob er verheilt, vernarbt ist, ob die Wunde noch klafft. Du kippst vornüber, stöhnst. Die Amsel fliegt davon. Sie fliegt so rasant auf, dein Blick kann nicht erkennen, wie ihre Wunde aussieht. Wenn sie fliegen kann, wird sie überleben, denkst du.

Der Morgen ist kalt, in der Luft hängt kühle Feuchtigkeit, ein Lüftchen weht. Du blickst hinauf in den dunstigen Himmel, der Klarheit verspricht. Auch du fühlst dich angenehm klar. Deine Haare stehen dir ob der Kälte zu Berge, doch du genießt das. Du holst dir den Kaffee auf die Terrasse, befreist den kleinen Holztisch von Blättern und Staub, holst dir einen der beiden Klappstühle hervor und setzt dich in Boxershorts darauf. Eine Morgenzigarette. Eine Fliege. Eine Hummel! Die Natur erwacht. Du rauchst und kannst das

penetrante Ticken der Uhr, das Summen des Kühlschranks in der Küche nicht hören. Deine bloßen Füße auf den Waschbetonplatten. Dein Zeh, der angenehm davon gekühlt wird. Ob auch du ohne zweiten Fuß leben könntest? Du hast keine Flügel, hast niemanden, der dich stützt. Du siehst auf deinen blaugelben Zeh und wünschst dir, du hättest Flügel.
Du wirst heute Gartenarbeiten machen. Wirst das Laub zusammenrechen, wirst die Erde im Beet auflockern, wirst deine Erdäpfel sortieren und vorbereiten. Du bist bereits spät dran mit Setzen, doch die Erde darf nicht zu feucht sein, du wirst sie einen Tag an der Luft trocknen lassen. Du wirst den fertigen Humus aus dem Kompost holen und den Steinmehlbestand prüfen. Vielleicht schaffst du es heute in den Baumarkt, um Paradeisersamen zu holen. Du bist auch mit den Paradeisern spät dran, aber das graue Wetter hätte sie ohnehin eingehen lassen. Du wirst die Fensterbank im Wohnzimmer mit kleinen Paradeiserpflänzchen bevölkern und sie in zwei Wochen dann umsetzen. Die wilden Brombeersträucher wirst du stutzen, sonst regt sich Maria über die wandernden Ableger auf. Dein Telefon klingelt, und du wunderst dich. Wer soll sich bei dir melden? Du holst es aus der Küche. Auf dem Display erscheint kein Name, nur eine Nummer. Du setzt dich wieder auf den Klappstuhl und hebst ab.
»Hallo?«
»Spreche ich mit Manfred Gruber?«
»Ja, wer spricht?«

»Melanie Ranftl von der Bezirkshauptmannschaft. Sozialabteilung. Herr Gruber, ich habe einen Termin für Sie zum Notieren, haben Sie Ihren Kalender bei sich?«
Deine Brust zieht sich zusammen. Du setzt dich auf.
»Ja. Bitte!«, lügst du, da du keinen Kalender besitzt. Dein Kalender ist im Kopf.
»Ich habe ihn bereits als Bescheid der Poststelle übergeben, aber mit dem Feiertag am ersten Mai bin ich unsicher, ob Sie ihn rechtzeitig erhalten. Ich setze Sie deswegen telefonisch in Kenntnis. Am zweiten Mai um neun Uhr früh werden Sie hier bei uns auf der Behörde erwartet. Der Notar Dr. Herzog wird mit Ihnen das Pfandrecht im Grundbuch fixieren. Es ist notwendig, dass Sie ein Ausweisdokument mithaben, sowie die Unterlagen zu Haus und Grundstück.«
»Aha. Ich habe nicht vor zu kommen.«
»Herr Gruber, Ihre Mitwirkungspflicht sowie Ihre Bemühungspflicht lassen Ihnen keine andere Wahl. Wenn Sie nicht zustimmen, werden wir den Sozialhilfebezug einstellen.«
»Das heißt, Sie lassen mich in einem der reichsten Länder dieser Welt kläglich verhungern, wenn ich Ihnen mein Haus nicht verpfände?«
»So würde ich das nicht ausdrücken, nein. Um geeignete Hilfe zukommen zu lassen, sind wir auf Ihre Mitwirkung angewiesen. Entfällt diese, wird die Hilfe eingestellt.«
»Das sind tolle Nachrichten, Frau Ranftl! Vielen Dank! Bei wem kann ich mich beschweren?«

»Sie können gegen den Bescheid einen schriftlichen Widerspruch eingeben. Er wird jedoch keinen Erfolg haben, die Behörde ist laut Verordnung zu diesem Schritt verpflichtet, wenn Sie sich länger als drei Jahre im aufrechten Mindestsicherungsbezug, beziehungsweise jetzt heißt es wieder Sozialhilfebezug, befinden.«

»Vielen Dank für die Information, Frau Ranftl. Wie geht es Ihnen, haben Sie den Angriff vom Hochgatterer bereits überwunden? Ich kann mir gut vorstellen, warum er ausgetickt ist. Mich durchzuckt es auch schon.«

»Wenn Sie mir drohen, Herr Gruber, werde ich die Polizei einschalten. Sie sind auf Lautsprecher, mein Kollege hört mit.«

»Na dann belassen wir es so. Auf Wiederhören.«

Du schleuderst das Handy in die Wiese. Beschissene Arschlochbeamtin. Beschissenes Land, beschissenes System. Beim Herzog junior. Eh klar, der Herzog junior II verschafft dem Bruder die Aufträge über die Behörde! Und die Enkel werden dann Landeshauptleute und die Urenkel Finanzminister und Großkonzernbesitzer. Schon hörst du deine Mutter schimpfen.

Fred, du Versager. Du bist eine einzige Enttäuschung, ein einziger Fehler. Wegmachen hätte ich dich sollen. Bist zu dumm, um zu überleben im Wohlfahrtsstaat! Du mit deinem hinnigen Hirn! Das ist doch eine Ausrede! Du bist ein faules Schwein, nichts weiter, ein faules, gammelndes Schwein.

Du musst dich ablenken und gehst an die Gartenarbeit.

19
Du bei mir

In mein Büro kommst du um eine Viertelstunde zu spät. Ich sehe sofort, woran das liegt. Du humpelst, als du durch die Tür trittst. Ich frage sofort nach. Du erzählst mir von deiner Zehe, du spielst die Schmerzen herunter. Ich kenne den Schmerz und glaube dir nicht, dass er dir nichts ausmacht. Ich zeige mich besorgt, die Vermeidungshaltung sei nicht gesund, ob du bereits beim Arzt gewesen seist. Du winkst ab. Das werde schon wieder. Ich erzähle dir ein paar Schauergeschichten. Von Menschen, die eine Blutvergiftung durch eitrige Zehen bekommen haben. Von einem, der die Zehe amputieren musste, da das Gewebe nekrotisch geworden sei. Bei heruntergespielten Krankheiten der Klientel mache ich das häufig, um sie für Folgewirkungen zu sensibilisieren, wenn sie nicht auf ihre Gesundheit achten. Ich kenne niemanden, dem eine Zehe amputiert worden ist wegen eines eingewachsenen Nagels. Aber ich kenne auch nur Menschen, die bei eingewachsenen Nägeln den Arzt oder die Fußpflege aufsuchen. Und zwar rechtzeitig. Ob du mir den Zeh zeigen würdest, frage ich.

»Sicher nicht!«, antwortest du. Fragst, wie sich eine amputierte Zehe auf die Arbeitsfähigkeit auswirken würde. Ich mache einen Scherz. Einen dummen Scherz und antworte: »Es müsste Ihnen ein ganzer

Fuß fehlen, um Chancen auf diesen Stempel zu haben. Außer Sie gehen zum Psychiater.«

Ich zwinkere dir zu. Das Zwinkern scheint nicht anzukommen, du siehst abwesend auf den Tisch, als erinnertest du dich an etwas. Dann schaust du mich an und sagst: »Ein komischer Zufall. In meinem Garten sprang heute früh eine einbeinige Amsel herum. Hat sie nicht sonderlich gestört, flog dann einfach davon.«

»Herr Gruber, ich rate Ihnen wiederholt, zu einem Arzt zu gehen. Wir wollen doch nicht, dass Sie Ihre Zehe tatsächlich verlieren. Wie war die Probearbeit bei Efficient Solution?«

»Die haben mir keinen Job angeboten, falls Sie das meinen.«

»Und die anderen Bewerbungen?«

»Keine Rückmeldung.«

»Hat sich die Behörde gemeldet wegen der Auflage?«

Du schnaufst und fährst dir über den Stoppelbart.

»Ein Notartermin mit dem Herzog ist für Freitag, den zweiten Mai, anberaumt.«

»So schnell! Das überrascht mich. Aber warten Sie, Herr Gruber …«, ich öffne deine Akte, finde jedoch nicht, was ich suche. Öffne den Laptop und suche in den Mails nach deinem Namen. Es ist ein Einladungsbrief zur Gesundheitsstraße.

»Haben Sie Ihr AMS-Konto geprüft, wie ich es Ihnen gesagt habe?«

Es ist eine rhetorische Frage, ich kenne die Antwort.

»Am Freitag beginnt auch die Arbeitsfähigkeitsuntersuchung. Ich glaube, ich könnte die Behörde davon überzeugen, dass dieser Termin wichtiger ist. Das schiebt sich sonst um einen Monat nach hinten, mindestens. Den Notartermin kann man immer anberaumen. Soll ich das versuchen?«

Du nickst. Deine Miene sagt mir, dir ist es einerlei, wohin du gehen musst, denn Wollen ist keines im Spiel. Ich setze die Prioritäten für dich, du wirkst wie ein Stück Blech, das man biegen kann und formen, wie man will. Deine scheinbare Willensstärke hat keinen Grund, keinen Boden. Dir fehlt der Plan. Die Strategie.

»Wie geht es Ihnen wirklich, Herr Gruber? Haben Sie mit Ihrem Sohn gesprochen?«

»Er will *die Bruchbude* nicht. Es ist eine Belastung für ihn.«

»Haben Sie sich schon einmal überlegt, das Haus zu verkaufen? Ganz neu anzufangen?«

»Das geht nicht.«

»Warum?«

Du schweigst. Du wirkst abgebrüht, ruhiger als vor zwei Wochen. Ich vermute, du hast abgeschlossen.

»Besser Sie verkaufen es früher als später, wenn die Behörde einen Anteil einfordern kann.«

»Ich verkaufe nicht, Punkt. Es war das Haus meiner Mutter, es ist nun mein Haus, es bleibt mein Haus. Mein Sohn wird es nach meinem Tod bekommen, ob er es will oder nicht, meine Mutter wollte das so. *Die Bruchbude* will ohnehin keiner kaufen.«

»Herr Gruber, Sie wollen nicht zum Psychiater, Sie bekommen keine Arbeit, Sie haben wenig gesundheitliche Beeinträchtigungen, Sie wollen Ihr Haus nicht verkaufen. Ich weiß nicht, wie ich Ihnen noch helfen kann.«

»Ich weiß, wobei Sie mir helfen können. Sie könnten mit mir einen Widerspruch gegen den Bescheid und die neuen Auflagen verfassen. Sie sagen selbst, Sie wissen nicht mehr, wie Sie mir weiterhelfen können. Und Sie sagen selbst, ich soll das Haus behalten dürfen. Sie sind doch auf meiner Seite. Sie können den Widerspruch sicher besser begründen als ich. Helfen Sie mir dabei!«

Du hast doch noch nicht aufgegeben. Du willst die Sache auf dem Verwaltungsweg bereinigen. Das wird nicht funktionieren. Und dafür bin ich der falsche Ansprechpartner.

»Herr Gruber, dabei kann ich Ihnen nicht helfen. Ich kann nicht gegen meinen Auftraggeber arbeiten, und der ist nun mal die Behörde.«

»Die Ranftl ist Ihr Auftraggeber? Der Herzog junior II ist Ihr Auftraggeber! Also stecken Sie doch unter einer Decke!«

»Nein, aber die Behörde gibt mir den Auftrag, Ihre Situation zu verbessern. Ich soll die Schnittstelle sein und mit Ihnen einen Plan entwerfen, wie wir Sie aus der sozialen Notlage bekommen.«

»Ich hab Ihnen vertraut.«

»Sie können mir vertrauen!«

»Sie arbeiten mit denen zusammen, damit ich das Haus verliere!«

Du stehst auf und öffnest die Tür.

»Nein, das verstehen Sie falsch ...«

Du drehst dich nach mir um und deutest mit dem Finger auf mich. Heute bleibe ich sitzen. Heute richtet sich der Ärger, der Zorn gegen mich. Das ist gefährlich.

»Ich verstehe ganz richtig. Sie werden keinen Widerspruch schreiben, weil Sie mit der Ranftl und den Herzogen junior I und II unter einer Decke stecken. Aber mir mit der Polizei drohen! Das ist Schikane, reine Schikane! Das kann nicht rechtens sein.«

Mit vermeidender Haltung stürmst du hinaus und wirfst die Tür hinter dir zu. Danach habe ich dich nie wiedergesehen.

20
Du

Du sitzt auf dem Klappstuhl auf der Terrasse. Du kannst die Sonne genießen, das Schwirren der Insekten, die Geräusche des Fleckchens Erde, das du besitzt. Merkwürdig friedlich und ruhig sind deine Gedanken nun, seit deine Entscheidung gefallen ist. *Ich habe einen Plan, Mutter. Stefan will das Haus zwar nicht, aber er wird es bekommen, wenn ich tot bin, so wie du es willst, so wie du es von mir verlangst.*
Krankheit oder Arbeit lautet das Gesetz, ich habe mich entschieden.
Du stehst auf und machst dich daran, den Garten auf dein Vorhaben vorzubereiten. Du wirst einige Zeit abwesend sein, also baust du ein Bewässerungssystem für die Erdäpfel. Du glaubst, nach dem langen Regen wird eine lange Sonnenperiode folgen. Die Paradeiser, die du heute früh gesät hast, werden dir wohl nicht aufgehen. Du kannst keine Bewässerung in deinem Wohnzimmer bauen. Außerdem, wer soll sie rausstellen, wenn die Nächte es zulassen?
»Hallo Fred!«
Du drehst dich in Richtung Marias Garten.
»Caroline! Was machst du denn da?«
»Besuch bei den Eltern. Habe dich aus dem Küchenfenster gesehen. Sag, kann ich dir helfen? Ich habe Lust, mir die Finger schmutzig zu machen.«
»Natürlich, komm rüber! Das Gartentor steht offen.«

Milli folgt ihr. Als sie im Garten angekommen ist, umarmt ihr euch.
»Schön, dich zu sehen, Fred, großer Bruder!«
»Du siehst gut aus, kleine Schwester.«
»Du nicht unbedingt. Humpelst du?«
»Ach, das ist eine kleine Entzündung, wird schon wieder. Spätestens morgen ist das vorbei. Milli, ja, du wirst auch gestreichelt. Später kriegst du was. Die Rechtsanwältin will sich die Finger schmutzig machen? Na, dann bring mir mal den Humus. Da hinten ist der Kompost!«
Caroline nimmt den Befehl salutierend an, schnappt sich den Eimer, Handschuhe und holt die feuchte Erde.
»Ist deine Mutter nicht eifersüchtig, wenn du in meinem Garten hilfst?«
»Sieht ihr Garten aus, als sei darin etwas zu tun?«
»Ha! Nein. Du machst Urlaub?«
»Ich brauchte eine Auszeit. Vom Job, von der Stadt, von allem. Außerdem bereiten wir Papas Umzug ins Pflegeheim vor.«
»Oh, will Mitzi nicht mehr?«
»Sie kann nicht mehr. Sie kann aber auch nicht loslassen. Letztens ist Papa davongelaufen. Ach, du hast ihr ja beim Suchen geholfen, sie hat es mir erzählt. Danke!«
»Gern geschehen. Hier kannst du die Erde reinfüllen. Nur ein bisschen in die Gräben, dann kommen die Erdäpfel rein, dann noch ein bisschen Humus und Steinmehl, dann schütten wir sie zu.«

»Ich muss sie überreden, ihn ins Pflegeheim zu geben. Einen Demenzkranken zu pflegen, ist ein Fulltimejob, sie hat kaum die Kraft. Außerdem wird er langsam richtig böse. Ich helfe ihr, bis er einen Platz bekommt. Wer weiß, was danach mit ihr passiert. Sie wird abbauen, wenn sie sich um nichts kümmern kann.«
»Und dein Job?«
»Der muss eben warten. Wie geht es dir, Fred?«
»Was soll ich sagen, man lebt. Mehr schlecht als recht.«
»Hast du Arbeit gefunden?«
Du winkst ab. »Du weißt doch, wie das ist. Aber ich werde jetzt einige Tage nicht da sein. Magst du dich derweil um meinen Garten kümmern? Ich würde dir einen Schlüssel geben.«
»Was hast du vor?«
»Ich muss ins Krankenhaus, wegen des Zehs.«
»So schlimm?«
Du zuckst uneindeutig mit den Schultern. »Was sein muss, muss sein.«
»Ich kann den Garten gern übernehmen. Ich brauche ohnehin etwas Abwechslung, Arbeit, bei der man das Produkt sieht, es anfassen und riechen kann.«
Du erklärst Caroline deinen Garten. Setzt ihr auseinander, wo wann welche Handgriffe zu leisten sind, wo sie das Werkzeug dafür findet, worauf sie achten soll und wie auf Eventualitäten reagiert werden sollte. Sie hört aufmerksam zu, fragt viel nach, du glaubst, dein Garten ist bei ihr in guten Händen. Zur Sicherheit insistierst du darauf, die Linde ja nicht anzurühren, aber die Brombeeren dürften nachgeschnitten

werden, wenn sie wandern. Nach der Einarbeitung bietest du ihr ein Bier an und stellst den zweiten Klappstuhl zum Tisch. Still raucht ihr eine Zigarette und hört den Gartengeräuschen zu. Mit Caroline fühlst du dich wohl, hast du dich immer wohlgefühlt. Du hast sie vermisst.

»Ich werde Großvater.«

»Wirklich? Und wie ist das so?«

»Furchtbar.«

Ihr lacht.

»Wir werden alt.«

»Wir sind schon alt. Warum hast du eigentlich keine Kinder bekommen?«

»Karriere? Außerdem wäre ich geworden wie sie.«

»Wie Mitzi? Wahrscheinlich. Eine schlimme Vorstellung. Aber unseren Eltern entkommen wir nicht.«

»Nein, leider.«

»Die Mutter meines Enkels ist Psychologin.«

»Oh Mann! Du wirst an allem schuld sein, Fred. Wenn das Baby Blähungen hat, wenn es ein Schreibaby ist, wenn es nicht schlafen kann, du wirst daran schuld sein.«

»Ich weiß!«

Caroline klopft dir auf die Schulter. »Nimm es nicht persönlich. Die Jungen ticken eben anders. Ich werde jetzt die Mama ablösen. Der Papa muss ins Bett.«

»Hier ist der Schlüssel. Du hast dir alles gemerkt? Richte ihnen liebe Grüße aus. Gute Nacht, Caroline.«

»Sehen wir uns morgen noch?«

»Ich muss sehr früh weg, eher nicht.«

»Na dann, gute Genesung, Fred, mach es gut!«
Ihr umarmt euch zum Abschied. Ich werde nie verstehen, warum du sie nicht gefragt hast. Hätte ich gewusst, dass deine Freundin aus Kindertagen Rechtsanwältin ist, ich hätte dich dazu gedrängt, sie um Hilfe zu bitten. Aber du hast es nicht getan. Du wirst stattdessen etwas anderes tun, deine Entscheidung ist gefallen.
Du wirst den Garten ab morgen nicht bewirtschaften. Wer weiß, wie lange du weg sein wirst. Du musst dich aus der Misere ziehen, du hast keine andere Wahl, als auf den Garten zu verzichten. Vielleicht wirst du im Herbst wieder zu Hause sein. Es dämmert bereits. Mit den Händen in den Hosentaschen machst du einen letzten Spaziergang in vermeidender Haltung. Versuchst, es zu genießen. Gehst durch die Siedlung an der Bundesstraße, bis zum Feuerwehrhaus, dann die Querstraße entlang rund um die Traktorfirma und wieder zurück. Du spürst das Bier nicht sonderlich. Um deinen Plan umsetzen zu können, wirst du mehr Alkohol brauchen. Du hast einen Schnaps zu Hause, den Schnaps deiner Mutter, der für besondere Anlässe reserviert ist. Nächstes Jahr wirst du deine gesamten Kräfte für den Garten aufbringen können. Du wirst keine Auflagen mehr erfüllen müssen, du wirst einen anderen Status haben in dieser Gesellschaft, du wirst dich nur auf den Garten konzentrieren können. In jeder deiner Akten wird stehen, dass du krank bist und nicht arbeiten kannst, und sie werden dich in Ruhe lassen. Sie werden dich abgeschrieben haben, werden

einen Haken unter deinen Namen gesetzt haben, du wirst nichts mehr von ihnen hören. Du wirst keine Auflagen mehr haben und keine Bemühungspflicht. Dein Plan ist wasserdicht. Es wird eine Sauerei geben, aber schlussendlich wirst du in Ruhe gelassen werden. Du hörst Schritte. Sie folgen dir. Können sie deine Gedanken erraten, können sie sie lesen? Du wirst schneller. Niemand wird dich von deinem Vorhaben abhalten. Die Herzog juniors wittern etwas. Sie wollen dich nicht loslassen, wollen dich nicht aus den Fängen lassen. Aber du bist schneller. Niemand wird dich erwischen, bevor du deinen Plan in die Tat ungesetzt hast. Du wendest dich um. Irgendjemand folgt dir. Der Herzog junior I oder II. Oder der Sikora. Oder die Ranftl. Oder ich? Du fragst dich, wie sie die Gedanken hörbar machen, die du denkst. Das muss eine Militärtechnologie sein, alles geheim. Sie kontrollieren die Menschen, hören ihre Gedanken ab und senden dann im Fernsehprogramm die Sendungen, die ihre Gedanken widerlegen, sie verunsichern, sie manipulieren. Diese Bastarde. Du darfst den Fernseher heute nicht mehr einschalten. Sie werden versuchen, dich umzustimmen. Mit der Faust hämmerst du auf deine Schläfe ein: Merk dir das, Gruber, den Fernseher schaltest du heute nicht mehr ein! Du hast endlich deinen Ausweg erkannt, das lässt du dir nicht mehr nehmen! Wenn das alles vorbei ist, wirst du dich an eine Zeitung wenden und denen das klar machen. Aber die stecken alle unter einer Decke. Die werden dich als unglaubwürdig einstufen und über dich lachen. Ein

Verrückter, werden sie sagen. Aber man muss doch etwas dagegen tun! Du tust heute etwas dagegen, du wirst endlich eine Lösung herbeiführen, und sie werden dich nicht mehr umstimmen. Du blickst dich um, du hast den Verfolger abgeschüttelt, nun steht dir nichts mehr im Weg.

Du stehst vor dem Tor vor dem Haus, das deines ist und bleiben sollte. Der aufgehende Mond taucht es in fahles Licht. Du stehst und schaust. Und schwankst. Nur ein arbeitender oder ein kranker Mensch darf dieses Haus besitzen. Milli wittert dich, schlüpft durch den Zaun und streicht um deine Beine. Du bewegst dich nicht. Sie schnüffelt, sieht zu dir nach oben mit ihrem spitzen weißen Gesicht und scheint irritiert. Wieso bewegst du dich nicht, fragt sie mit ihrem Blick. Wieso bewegst du dich nicht, fragst du dich selbst. Es antwortet neben dir eine Stimme, die nach dir klingt und doch nicht deine ist. Weil du dich entscheiden musst. Weil du aufhören musst, Fehler zu machen, und endlich etwas tun musst. Du nickst. Du entscheidest dich. Öffnest das Tor, gehst den Weg entlang zur Haustür, öffnest die Tür. Wirfst den Schlüssel auf die Ablage und betrittst gleich die Garage. Milli folgt dir. Maunzt um Futter. Entscheidungen müssen entschlossen durchgeführt werden. Es ist an der Zeit. Du fachst das Feuer im Ofen an, nimmst vier Scheite dafür anstatt zwei. Wenn du es schon angehst, wirst du es gründlich durchziehen. An der Werkbank ziehst du den Stecker aus der Kappsäge, ziehst dir dann

Arbeitshandschuhe über. Erst montierst du das neue Sägeblatt. Du holst einen Stuhl aus der Küche, stellst ihn neben den anderen, der vor dem Ofen steht. Die Säge ist schwer, du stellst sie auf einen der Stühle. Holst einen Kabelbinder aus der Lade in der Werkbank. Milli folgt dir mit hungrigem Blick, streicht um deine beiden Beine, du bemerkst es kaum. Nur den stechenden Schmerz des eingewachsenen Nagels bemerkst du bei jedem Schritt. Du bindest den Schalter der Kappsäge mit dem Kabelbinder fest. Kontrollierst deine Konstruktion. Steht die Säge stabil? Ja. Hält der Kabelbinder? Ja. Das Feuer im Ofen lodert bereits. Noch einmal gehst du in die Küche. Holst dir den Schnaps deiner Mutter, den Guten. Du hast ihn aufgehoben für einen besonderen Anlass. Nun scheint er gekommen. Du trinkst aus der Flasche, drei große Schlucke. Dein Blick fällt auf die Einladung zur Arbeitsfähigkeitsuntersuchung. Entweder du arbeitest, oder du bist krank, nur so kannst du das Haus behalten. Du bist nicht krank, und du findest keine Arbeit. Aber du wirst es ihnen zeigen. Du wirst nicht arbeitsfähig sein. Jeder Arzt wird erkennen, dass du nicht arbeitsfähig bist. Mit bloßem Auge. Ohne Untersuchung. Sie haben es so gewollt. Du trägst keine Schuld an deiner Situation. Sie bringen dich dazu, du musst dich wehren. So dürfen die mit dir nicht umspringen. Du nimmst noch ein paar Schluck vom Schnaps. Milli springt auf den Tisch, setzt sich auf den Einladungsbrief. Verlangt nach Aufmerksamkeit. Du streichelst ihr über den Kopf.

»Ich werde ein paar Tage nicht da sein, Milli. Mitzi und Caroline kümmern sich um dich. Du wirst ohnehin schon ein bisschen fett, ich füttere dich zu viel.«
Du trinkst. Dann kehrst du zurück in die Garage. Natürlich bist du nervös, wer wäre das nicht. Der Schnaps hilft. Du entfernst die Sicherheitsvorrichtung an der Säge. Du siehst dich um, die Vorbereitungen sind abgeschlossen. Die Flammen lodern, es wird heiß in der Garage. Du nimmst noch ein paar Schluck. Der Schnaps wärmt zusätzlich, und es wird dir bereits schummrig. Milli sieht dich aus großen Augen an. Du setzt dich auf den freien Stuhl. Die Schnapsflasche stellst du neben dich. Das Handy. Du hast das Handy vergessen. Noch einmal stehst du auf und suchst es, wo hast du es hingelegt? Deine Hände zittern, als du die Jacke durchsuchst. Es liegt auch nicht auf der Ablage. Es liegt auch nicht in der Küche. Du solltest die Pflanzen noch gießen. Holst die Gießkanne aus der Garage, füllst sie in der Küche auf, gießt die Palme und den Gummibaum. Milli folgt dir, es ärgert dich.
»Du bekommst jetzt nichts!«
Das Handy liegt auch nicht auf dem Wohnzimmertisch. »Wo ist dieses scheiß Handy!« Du findest es endlich auf der Werkbank. Du nimmst es an dich, setzt dich auf den freien Stuhl, vor den mit der Kappsäge. Jetzt geht es los. Im linken Schuh ist das Loch. Der linke Fuß schmerzt wie Hölle. Es ist logisch, den linken Fuß zu wählen. Du ziehst dir den Schuh aus, den Socken. Legst beides neben dich. Noch ein ordentlicher Schluck vom Schnaps. Du legst den linken

Fuß auf den Sägetisch, richtest ihn an der Anschlagschiene aus. Die Versenkungslinie des Sägeblatts verläuft direkt unterhalb des Knöchels. Krankheit oder Arbeit. Du hast dich entschieden. Die Bedingungen haben entschieden für dich, denn Arbeit finden ist aussichtslos.
Du steckst die Säge ein. Der Motor heult, das Sägeblatt rotiert sofort, der Kabelbinder hält. Du drückst am Griff nach unten. Das neue Sägeblatt schneidet gut. Der Schmerz fährt ein wie ein Blitz. Aber wie ein Blitz zuckt es nur kurz, dann wird der Vorgang seltsam schmerzlos, das Sägeblatt verfärbt sich rot. Es spritzt in alle Richtungen. Am Knochen Widerstand. Du drückst fest nach unten. Das neue Sägeblatt ist eine gute Investition gewesen. Wie Butter, denkst du. Bald wirst du Buttersemmeln zum Frühstück essen können, so viel du magst. Du bist durch. Dein Bein sieht komisch aus, so kurz. Du ziehst es vom Sägetisch und achtest darauf, dass der Stumpf nicht auf dem Boden ankommt. Greifst nach dem Stecker, ziehst ihn aus der Säge. Der Fuß ist warm und reagiert nicht, als du versuchst, die Zehen zu bewegen. Es war einfacher, als du gedacht hast. Du wirfst den Fuß in den Ofen. Es fängt sofort zu stinken an, als die Haare in den Flammen versengen. Die Haut. Das Fleisch.
Nun nimmst du das Handy und rufst die Rettung an. Der Schnaps wirkt, dir ist etwas schwindelig. Du telefonierst nicht, das tut jemand für dich. Jemand kennt deine Adresse und weiß, was passiert ist. Er sagt den Rettungskräften, dass sie sich beeilen sollen. Er steht

über dich gebeugt und sieht die Sauerei. Überall Blut. Es läuft aus deinem Bein wie aus einem umgestürzten Fass Wein. Jemand sagt zu dir, du als Metzger hättest wissen müssen, dass du dir das Bein abbinden musst. Dass das Blut nur so herausströmen wird aus dir. Du nickst. Das hättest du wissen müssen. Milli riecht an der Blutlache, dann kostet sie. Es schmeckt ihr. Jemand streichelt ihr über den Kopf und ermuntert sie zu schlecken. Das ist gut für dich, sagt er. Das ist gesund und wird dich stark machen. Ob die Rettung dich findet? Das Tor ist geschlossen. Hoffentlich läuten sie nicht, du kannst ihnen nicht öffnen. Sie sollen einfach hereinkommen, sagst du zu jemandem. Sie werden dich nicht finden, sagt jemand. Sie müssen hereinkommen. Plötzlich blitzt der Schmerz. Du stöhnst auf. Dann schreist du. Der Blitz bleibt in dir, leuchtet hell und gleißend, durchgängig, du siehst es vor deinen Augen, du glaubst, ohnmächtig zu werden, du hoffst, ohnmächtig zu werden, es tut weh am Knöchel, in der Wade, am Schienbein, am Fuß, der im Ofen brutzelt, im Gehirn an der Stirn, im Nacken, du lallst, willst Hilfe schreien, aber die Worte formen sich nicht, du stöhnst und lallst und bist nur noch Schmerz, und plötzlich klopft es an der Tür. Du lallst ein »Herein!«, jemand kommt herein, jemand gibt Anweisungen, jemand bindet deinen Fuß ab, jemand bringt eine Trage, jemand legt dich auf die Trage, jemand trägt dich hinaus, dann wird es schwarz.

21
Polizei und Rettungskräfte

Ein Polizist öffnet die Haustür und ruft ein schwaches Hallo hinein. Milli kommt an die Tür, um ihr Maul ein blutroter Kranz, die Pfoten hinterlassen hellrote Spuren. Ein elendiger Geruch nach verkokeltem Fleisch und angesengten Haaren hängt in der Luft. Der Polizist berät sich mit dem Kollegen, sie beschließen einzutreten und rufen den Entschluss laut in die Räume. Niemand antwortet. Der Beamte entdeckt dich in der Garage. Ein Schlachtfeld zeigt sich ihm. Eine blutverschmierte Säge, ein in einen Trainingsanzug gekleideter, auf einem Stuhl sitzender alter Mann mit Blutspritzern im Gesicht, einem Nokia-Handy im Schoß und umgekippter Schnapsflasche in schlaffem Griff. Klare Flüssigkeit ergießt sich in die Blutlache unter dem durchtrennten Bein: Du musst erst kürzlich das Bewusstsein verloren haben. Oder bist du wach? Er ruft sofort nach den Sanitätern, die draußen bereits warten. Sie agieren rasant. Das Opfer lebt. Jeder Handgriff sitzt, an der Trage, am Leib. Nur einer wirkt orientierungslos, mit offenen Händen und hohen Augenbrauen. »Wo ist der Fuß?«
Der Polizist streift den Boden mit dem Blick. Sucht müde die Regale ab. Er hat noch nie einen menschlichen Fuß in Regalen gesucht. Er verzieht angeekelt das Gesicht. »Woher kommt dieser abstoßende Geruch?« Der andere Beamte nimmt das Handy an sich.

Die Anrufliste zeigt die Nummer der Rettung. »Den Notruf hat er selbst gewählt.«
»Wir brauchen den Fuß!«, ruft der Sanitäter. Einer der Polizisten sieht in der Werkzeugkiste nach. In einer Schachtel neben der Tür. Hinter der Tür. Er findet nichts. Er geht seiner Arbeit nach, ohne zu merken, was vorgeht. Er sucht nach einem menschlichen Fuß in einer Kiste. Er zuckt mit den Schultern. Der Körper wird hinausgetragen. Der Sanitäter wird nervös. Gemächlich schreitet der andere Beamte zur angelehnten Ofentür. Die Tür quietscht beim Öffnen. Er sieht hinein.
»Ich glaube, den kann man vergessen.«
Er verzieht das Gesicht wegen des Gestanks. Und dem Bild. Ein verbrutzelter schwarzer Stumpf. Der Sanitäter drängelt den Polizisten beiseite. Er rümpft ebenfalls die Nase. Greift aus der Tasche einen medizinischen Beutel. Nimmt den Schürhaken und stochert nach dem verkohlten Fuß in den Flammen. Alle reagieren. Alle funktionieren.
»Helfen Sie mir mal!«, ruft der Sanitäter ungeduldig. Der Polizist hält den Beutel auf. Der Sanitäter zögert. »Der hält diese Temperatur sicher nicht aus.«
Also lässt er den Fuß auf den kalten Boden fallen. Verkohlte Hautfetzen fallen ab. Grauschwarze Bröckchen verteilen sich auf dem Metall. Der Beamte verharrt in der Hocke. Von draußen ruft einer: »Wir müssen los!« Der Sanitäter tippt alle paar Sekunden an die versengten Zehen. Der große Zeh knickt ab. »Ich glaube, jetzt geht's.« Mit einer Zange steckt er den Fuß in den

Beutel, den der Beamte bereithält. Die Zehe hinterher. Schnell verschließt er ihn und packt die Tasche, läuft den Kollegen hinterher.

»Ruf die Spurensicherung«, weist ein Polizist seinen Kollegen an. Der nickt und verscheucht mit dem Fuß das Kätzchen, das an der Blutlache leckt.

Donnerstag, der 1. Mai 2019

22
Ich

Am Tag der Arbeit stehe ich in meiner Wohnung am Fenster und schaue auf den Maiaufmarsch hinunter auf die Straße. Es ist sonnig, die Leute haben gute Laune. Ich denke an dich. Ich wollte einen Witz machen und habe damit dein Schicksal besiegelt.
Immer wieder lese ich den Zeitungsbericht über deine Tat. Schnell stellte sich heraus, dass du die Tat selbst begangen hast. Der Pressesprecher der Polizei erklärt in einer Stellungnahme, du habest dich einer Arbeitsfähigkeitsuntersuchung entziehen wollen und dir in einem Akt der Verzweiflung den linken Fuß mit einer eigens dafür präparierten Kappsäge abgetrennt. Der Pressesprecher teilt außerdem mit, den Fuß habest du danach in den Ofen geworfen, um zu verhindern, dass er wieder angenäht werden könne. Die Polizei gehe davon aus, du habest durch diese Tat die Vermittelbarkeit am Arbeitsmarkt vereiteln wollen. Die Ärzte erklären den Journalisten später, du seist operiert worden. Der abgetrennte Körperteil habe aufgrund der schwerwiegenden Verbrennungen nicht wieder retransplantiert werden können.
Das Medieninteresse ist hoch. Für ein paar Tage. Danach kräht kein Hahn mehr nach dir.
Der Pressereferent des AMS des Bundeslandes bestätigt den Medien deinen Kundenstatus beim AMS. Du habest einen Termin bei der Gesundheitsstraße

gehabt. Das könne aber nicht der Grund für deine Tat gewesen sein. Er vermute eine psychische Erkrankung.
Ein Versicherungsrechtsexperte vermutet, du habest dir mit der Tat die Invaliditätspension erschleichen wollen. Der Versicherungsexperte erklärt außerdem, das Erschleichen einer Versicherungsleistung führt zum Ausschluss aus der Versicherungsleistung und wird zudem geahndet mit einer Geldstrafe und/oder einer Haftstrafe von bis zu sechs Monaten.

Ich habe dich nie wiedergesehen, Gruber. Ich wünsche dir, dass du dein Haus behalten konntest. Ich wünsche mir und uns als Gesellschaft, dass du dein Haus behalten konntest. Ich wünsche mir, dass du dich um deinen Enkel kümmerst, ihn genießen kannst, dich ihm zuwenden kannst. Ich wünsche dir Frieden mit deinem Sohn. Ich hoffe, dein Bemühen wird gesehen, gehört und anerkannt. Denn du hast vielleicht deine Pflicht erfüllt. Wer mag das beurteilen.
Ich verlasse die Wohnung und schließe mich dem Maiaufmarsch an.

Die Autorin dankt dem Bundesministerium
für Kunst, Kultur, öffentlichen Dienst und Sport
für die Förderung des vorliegenden Textes.

1. Auflage 2025

Arndtstraße 11, 60325 Frankfurt am Main, literatur@fva.de

Lektorat © Frankfurter Verlagsanstalt
Umschlaggestaltung: HFS Studio
Herstellung: Laura J Gerlach
Satz: psb, Berlin
Druck und Bindung: GGP Media GmbH, Pößneck
Printed in Germany
ISBN 978-3-627-00333-3

Verantwortungsbewusst produziert
www.fva.de/nachhaltig